網路小說
Novel@Net
146

晴天的彩虹

人氣作家
穹風——著

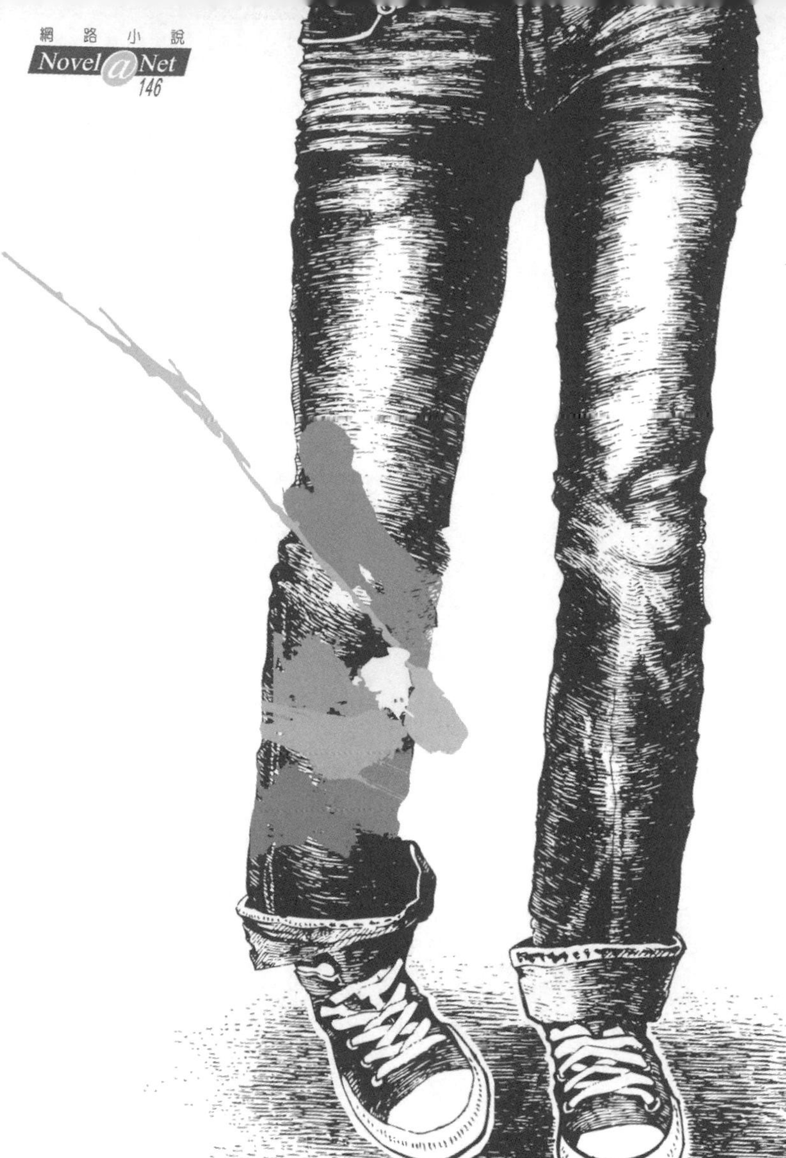

誰也無法揣想明天是什麼模樣，但我期待那未來的未來有你。

晴天的彩虹總是美而難得，一如圓滿的愛情如此遙不可及，但無論輕易與否，勇敢去追求自己的夢想，就對了。
我相信，只要我踏出那第一步，不管過程如何艱辛，總會得到一些什麼，而你始終會在我身邊，
陪我看盡這一路上所有的美好風景。

生命總會在風折雲拗時猛然轉彎，那方向毫無預定。

仲夏夜裡有夢，儘管夢境濛濛。

都說人生如充滿驚奇的旅程，不是？

柳暗與花明間不過回眸後一個轉身罷了，

我當了一次逃兵後，卻又不自覺地成為你的俘虜。

01

買了一張車票，坐在材質堅硬而顏色俗氣的候車椅上，我試圖閉上眼睛，讓自己暫且歇息一下，然而耳裡聽著音樂，如果視線不仔細盯著排隊候車的序號表，只怕待會兒巴士都開走了，我還在這裡傻等。

於是又睜眼，我摘下已經戴了整天的隱形眼鏡，換上一般眼鏡。趁著候車的片刻脫下高跟鞋，揉揉有點痠痛的腳踝。這雙鞋很貴，也穿了很多年，理論上不該讓人腳痛，但今天著實太累了，頂著三十五度高溫，從民生東路二段一直走到台北車站，抬頭沒有半點雲彩，往常總埋怨台北天空的霾暗晦沉，然而今天反而倍覺這一天豔陽的可憎。汗流浹背地走進客運站，顧不得是否有妝該補，付完車票錢後就先到販賣部去買了一瓶水猛灌。時間接近傍晚，夏日白晝甚長，透過落地窗看出去，還是令人難以承受的惱人清朗。耳裡宇多田光嘹亮而渾厚的嗓音在唱〈Prisoner of love〉，眞浪漫哪，愛的俘虜。我臉上露出苦笑，回想起今天中午在公司裡發生的事。

吃過午飯，本想小睡片刻，準備下午到台北市政府洽公。前些時候，我們社長一力主張，簽下一位深具文學資歷與份量，剛歸國定居的老作家，老作家一輩子埋首文墨，畢生都在創作，寫過不少足堪傳世的大作，剛返台時，台北市政府還為他辦了一場記者會。過不了一個月，老作家的作品順利付梓，我們公司也在社長的指示下，整個動員起來，打算幫他造勢。

「這是什麼？」負責老作家這本新書的編輯一臉嚴峻，像罩了層寒霜，臉色可以用「鐵青」二字來形容。

「簽書會的企畫。」我認得出企畫案的封面，也看見上面寫著我的名字。

「誰的簽書會？」編輯這番明知故問，讓人心裡隱隱覺得事情可能有哪裡就要大不妙，而我硬著頭皮，說了老作家的名字。

她將企畫書甩在桌上，用極不客氣的口氣對我說：「什麼人告訴妳這樣辦活動的？妳有沒有用腦子想一想？一個七十幾歲的老頭子，坐在書店裡頭，用他根本沒人聽得懂的外省腔調講話，這種活動妳叫誰來看？再想想，他的讀者群是什麼年齡層？那些超過三、四十歲的中年讀者，妳認為他們會捧著書來排隊要簽名？」

我低頭，等她嘮叨了一個段落後，才輕聲地說：「是社長說要辦活動的。」

「廢話！我也知道社長說要為作者做包裝，但包裝是這樣做的嗎？在你們的腦袋裡頭，一講到『包裝』，就只有這種全都傻了、像白癡才會幹的蠢事了？叫妳辦活動，妳就只會搞簽書會嗎？淨做一些不合時宜的動作，弄得荒腔走板，然後又搞死一本書，是這樣嗎？用點腦子好不好？當初我們開會討論的內容是這樣的嗎？妳去看看當初怎麼談的，爲什麼不照做？而憑什麼妳可以擅自決定？現在怎麼辦，迫在眉梢的事情改也不是，不改也不是。小姐呀，妳的職稱是『行銷』，怎麼把書賣好，是妳的工作本分，創意可不可以擠一點出來？弄這種四不像的活動，還好意思說是社長的主意？」她的聲音很大，偌大一個辦公室裡的人全都聽見了。眼前這位編輯雖然掛的只是「主編」職銜，但資歷之深，卻是全公司數一數二的，她剽悍的風格經常撈過界到我們行銷部門來，以前我總慶幸自己運氣好，沒跟她有太多接觸，結果這回就中箭落馬了。

偷眼看看牆上的鐘，時間已經接近下午一點半，看來是沒得休息了，而且再這麼耗下去，只怕連市政府那邊都會遲到，老作家的簽書會就辦在明天下午，今天星期五，我得趕在公家機關下班前將邀請函送到。

「跟妳說話的時候，可不可以不要心不在焉？」主編的聲音又將我拉回來，她還不肯放人，正在盡情地數落這個企畫的種種缺失。聽著她滔滔不絕的指責，我很想告訴她，這一切都不是我的點子。當初開會時，社長親自開口，指示要全體動員，將老作家的著作列爲重點書籍，各類宣傳方式都要嘗試去做，同時也要求大家幫老作家塑造新形象，在傳統而沉重的純文學印象中，盡力突顯出年輕化的感覺，以吸引更多閱讀人口。就是衝著「年輕化」這三個字，我們才又開了第二次會，決定要辦一個通常只有年輕偶像作家們才會舉行的簽名活動。

原本大家對這個活動都沒意見，但沒想到開始規畫內容時，公司一群編輯主管們，上至總編輯，下至主編、資深編輯，這一個多星期卻全都跑到北京去了，連眼前這位也是，美其名是參觀書展，事實上也等於就是出國旅行。在群龍無首的狀況下，我們這些「下人」當然只得自己依據原有的方向，繼續規畫細節。現在他們回來了，看了不滿意，爲什麼不去找社長抱怨，卻要基層的下屬來承擔呢？這些現在害我被罵得狗血淋頭的活動企畫，社長人在台灣，我們每隔幾天都有彙報，他從未表示不滿；況且這些主管們出國前也沒多交代哪些能做或什麼不能做，還說叫我們自己斟酌就好。昨晚這些主管才下飛機，今天又一個比一個晚進公司，現在很火大有什麼用，明天就要辦活動了。

不敢抬頭看她，我在心裡想著：不就是年輕化嗎？讓作者年輕一點，弄個有生氣一點的簽書會哪裡不好？整個活動內容中，作者致詞只有五分鐘，或許留給他和讀者互動的時間稍微長了一點，但也不會有大問題吧？就算有口音上的顧慮，但只要主持人從旁協助即可，這不是很簡單嗎？活動的方向都依循著社長的要求，爲什麼眼前這位主編要管到活動細節裡頭來呢？我們行銷部的主管都沒意見了，她憑什麼干涉這些？如果眞的那麼擔心活動，那當初何不留個可以擔負責任的人下來領導，卻偏要全都出國？

足足被罵了半個多小時，我有滿肚子的委屈跟埋怨，但半句話都說不出口。眼見還找不到脫身之計，走廊邊拿著報表過來的是業務部的經理，這個年紀大約三十多歲，看起來貌不驚人，但卻已晉升公司高層的男人是我還來不及曝光的男朋友。交往不到幾個月，本想爲了避免同事們的目光，平常很少在公司裡接觸也就罷了，這當下看我站著挨罵好半天，好歹應該替我開脫一下的，叵料這傢伙居然低著頭，悶不吭聲，連大氣都不敢吐一口，畏畏縮縮地將報表交給主編後，自己轉身就閃人了。

「妳自己好好看看！書賣成什麼樣子！」那報表不看還好，主編略一翻眼，整個扔了過來。我不敢眞的伸手去接，但可想而知，老作家的新書確實有很爛的銷售成績。

「不要說我每次都干涉你們行銷部的工作，但事實擺在眼前，你們就是不斷弄死我這邊好不容易經營起來的作者。」說著，她數落起這一兩年來，我們行銷部所舉辦過，那些讓她看不順眼的每一場活動，上至我們經理，下至工讀小妹，全都成了箭靶。也不知道罵了多久，刮得我耳朵都快聾了，她的火氣才終於消了點。最後，她瞪我一眼，惡狠狠地說：「最後一次，警告妳，下次未經我同意，再給我底下的作者隨便亂搞什麼簽書會，保證讓妳人頭落地，現在馬上給我滾出去！」說完，手一指，還不忘叫我把那本被她棄如敝屣的企畫書給撿出去。

強忍著滿腹委屈跟怒意，在市政府大樓裡跑來跑去，還得陪笑跟人家寒喧招呼，好不容易趕在這下午分派完足足二十幾張邀請函。我走到外面，攔了計程車要回公司，上車的第一件事，就是打通電話給那個前幾天還口口聲聲說要保護我，但一個多小時前卻對我見死不救的男人。當初我怎麼會同意跟他交往呢？生活過得很簡單的我根本不需要這份愛情吧？也還來不及搞懂他爲什麼會對我有興趣，不過就是幾次邀約吃飯，然後糊里糊塗就點頭答應，先試著交往看看。

不過電話一接通我就後悔了，這男人非但沒有半句安慰的話語，居然還說做人應該公私分明，今天的事屬於工作範圍，他沒有開口干涉的理由。

「我沒叫你干涉，可是好歹可以找個理由讓我脫身吧？她罵的已經不是我一個人了，整個行銷部所有她看不順眼的事全都讓我一個人扛了，憑什麼是我？」我吐出壓抑了整個下午的不滿：「而且我現在不是打電話來跟你爭這個，只想聽你好歹給幾句安慰而已。」

「又不是小孩子了，怎麼這麼任性呢？」他說話的音量忽然變小，想來是躲到辦公室的角落去。「本來你們行銷部的工作表現就常常讓人詬病嘛，自己不是應該更小心點？老實說，這個我也幫不上忙呀，對不對？妳才剛出公司，馬上就換我被罵了，這個月的銷售數字非常難看，上面也盯得很緊，我跟妳說哪，這一季的業績衰退情形……」

我有點瞠目結舌，這節骨眼上說這個做什麼？話筒裡又傳來他的聲音：「我看這樣吧，妳就硬著頭皮，先把明天那個簽書會活動跑完好不好？然後週末好好放個假，讓自己休息休息，其他的下星期再說嘛，好嗎？」

「好你去死。」二話不說，我決定掛了電話。

路上車多，走走停停，看著窗外街景，忽然有種想哭的感覺。我到底在這兒幹嘛呢？大學畢業的第二年，東走西闖地混了三四個工作，沒一個做得長久，也沒一個做得開心，從補習班櫃檯到房屋仲介，然後是保養品公司的文職企畫，現在則是出版社行銷。我好像什麼都有興趣，但偏偏每個都做不好。

那我到底留在台北做什麼？下午兩點多，艷陽高照，外頭花花世界彷彿都太過眞實而迫近眼前，以致於我無法清楚地看清事實，卻反而感受到陣陣難以承受的壓力。

「小姐，妳沒事吧？」開計程車的是個襯衫筆挺，非常有親和力的大叔。見我不知怎地居然流了眼淚，他遞過來一張面紙。

「沒事。」向他道謝，我趕緊小心地擦掉眼淚，並暗自責怪自己的脆弱。

「年輕人剛出社會吧？」大叔從後視鏡看了我一眼，說：「不要給自己那麼大壓力，要放輕鬆點，慢慢來就好。」

點點頭，不曉得該說什麼才好，我一向都有跟陌生人溝通的阻礙，不過說也奇怪，有這種障礙的人，做的卻是一些需要跟很多陌生人聯繫、開口的工作。我猜大概就是因爲這樣，才每每事倍功半。

「如果慢慢來也做不好，怎麼辦？」車子已經轉到民生東路上，眼見得過了建國北路口就要下車，等紅燈時，我忽然問司機大叔。

「嗯？」他先是愣了一下，然後忽然笑著回答：「那就逃走呀。」

「逃走？」我愣住。

「逃走啊。」他點頭，又說了一次。「逃到哪裡都好，逃回家也可以，逃到男朋友身邊也可以，反正人一輩子不會只逃這一次，妳只要一邊逃，一邊找下一個出口就好了。就算有人說妳沒種，說妳是懦夫，那也不會怎麼樣，反正我們只是平凡老百姓而已，對不對？人只活這一次嘛，與其當一個不自在的俘虜，爲什麼不給自己自由？就像我開計程車這樣自由……」

這話說得稀鬆平常，但聽在耳裡，卻讓我有種如癡如醉的感覺。下車時，司機大叔問我需不需要收據。因洽公而搭乘計程車時，是可以拿收據回出版社請款的。然而我搖頭了，就在大叔說完那幾句話後，我忽然也興起了一個念頭：對呀，我幹嘛不逃？上班已經快半年，但剛任職的第一個星期，我就已經知道這工作不適合自己，既然如此，何必死撐著到現在而不逃？

站在大樓外，看著來往行人，男的清一色是西裝或襯衫，女人則是褲裝或裙裝的辦公套裝。我爲什麼要跟別人一樣？行人中不乏年過四十以上的年齡層，莫非那就是我以後的模樣？想到這裡，我整個人頹然而嘆，轉身走到附近的便利商店去買了一包薄荷菸跟一瓶啤酒，坐在店門口的階梯邊就這麼抽了、喝了起來。

我的老天爺，自己的未來莫非眞的就只能這樣了嗎？坐在路邊，頭一次用這種局外人的眼光來回顧自己身處的這環境，就像一輛岔出賽道的跑車，回頭觀看這場競爭激烈的比賽一樣。心想，在這場毫無勝出可能的競爭中，我爲何還要死守不放？明知道自己做不好也不想做，那繼續撐著到底有什麼意義？我替全行銷部的人挨罵，但被罵完後，行銷部裡卻沒人願意給我一句寬慰的話。

懷著無與倫比的沮喪，我想著計程車司機說的話，逃吧！但該怎麼逃呢？難道我逃得還不夠嗎？回想起這些年來在台北的工作，我沒一個不是倉皇逃離的。最初，我搞不懂這些台北人是怎麼回事，他們是否忘記自己是怎麼長大的了？在補習班的那幾個月，每天都要應付一堆難搞的家長，這些天才父母花了大把的銀子來折磨自己的小孩，講好聽一點是爲了小孩的未來，但我看到那些國中生肩膀上背著沉重的書包，手上拎了一袋顯然營養不足的點心時，幾乎替他們難過得流下眼淚，爲什麼小孩放了學卻不能享受小孩該有的童年生活，還要到補習班來被繼續摧殘？而我分明是想讓他們自由的，卻必須昧著良心，板起臉來要求他們在短短幾分鐘內吃完點心，立刻開始小考。

好不容易下定決心，一畢業就離開補習班，也順利通過房屋仲介的面試，但沒想到還要繼續戴上面具做人。怪只怪以前有個同業的廣告台詞說得太好：沒有賣不掉的房子，除非找了不會賣的人。爲了實踐這樣的理論，我只好大肆渲染每個房子的好處，說得天花亂墜，但自己卻一間也沒住過。

結果當然又是懊惱地辭職，本以爲保養品公司的文職工作會簡單點，但其實還是在騙人騙自己，那些東西效果如何，我壓根兒就沒個準，但寫出來的文案卻字字都強調功效，化妝水可以說得像魔法水，最後還是受不了對自己的壓力而出走。

抬頭，不遠處就是出版社所在的大樓，看來就算賣的是書，做人一樣誠實不了。文案也好，活動也罷，我賣了太多自己看不下去或根本沒認眞看過的書，說了太多自己都不見得會相信的介紹之詞，弄到最後，終於連一個老作家的包裝方式都搞不清楚，一鼻子灰不說，連僅存的一點工作熱情都沒了。

如果我只活這一次，難道活著的價値就是上班時當炮灰，下了班就跟路上這些人一樣，走著相同的路去擠公車、擠捷運，當一個可有可無的小角色？如果我只活這一次……那一小段不怎麼長的時間裡，我整個思緒彷彿陷入了一片霧茫茫的空白混沌中，手上的香菸忘了抽，啤酒也忘了喝，甚至連身邊經過多少人都渾然不覺，當我終於恍然大悟時，香菸燒到只剩濾嘴，早已熄滅，而手上的啤酒也失去低溫了。

幾乎是下意識的，站起身，拿下掛在脖子上的工作識別證，途經辦公大樓時，我的頭完全不別過去，逕自就往市中心車站的方向走。途中，傳了幾封簡訊，第一封給行銷部的主管，絕口不提中午時的委屈，我跟她說聲抱歉，鬼扯家裡有事，臨時必須趕回去一趟，下星期可能也不方便及時回來上班。應該沒關係吧？我在想，雖然給一個知天命之年的老人家辦一場充滿偶像氣息的簽書會是怪了點，但畢竟一切都已安排妥當，明天他們只要照本宣科即可，我這種龍套角色在不在現場並無所謂。然後我傳了封訊息給同居的室友，請她代勞將一些我個人私有的物品打包好，直接寄到我家即可，隨著簡訊還奉上老家地址。那幾個室友跟我同住好幾年了，當初透過教會安排，我們都住在免費的學舍裡，畢業後本來應該立即遷出，但我們還死賴著不走，現在剛好，名正言順地把房間歸還給教會。最後，我傳簡訊給那個不中用的男人，我說：「你就繼續明哲保身，當隻縮頭烏龜吧，沒關係。以後別再找我，從現在起，老娘不幹了。」訊息傳完，我將電話關機，連著那張工作識別證，跟手機全都一起扔進了路邊的垃圾桶裡。這次，我要逃得徹徹底底，遠離這座恐怖的城市。

不想當俘虜，我想逃，也就真的逃了。

坐在沙發上，自始至終都皺著眉頭聽我把話說完，父親幾乎不發一語，只在每個述說的段落裡點點頭，或者「嗯嗯」兩聲。我嘗試著暫時擱下父女間長期以來存在的威權關係，用最理性的角度解釋自己驟然離職的原因。

「沒有發展性又缺乏穩定，而且收入不夠，工作中能獲得的成就感與滿足感也太低了。」我說的是事實，這年頭經濟這麼不景氣，書本的行銷本來就很難做，一本書僥倖賣得好，大家都說作者跟編輯功不可沒，卻沒人願意將這份榮耀施捨一點給行銷人員；書要是賣爛了，矛頭卻通常都第一個對準我們，很簡單的一句「行銷不力」就讓我們百口莫辯。

「這年頭賣什麼都得靠行銷，不是嗎？」我老爸翹著二郎腿，手一攤，說：「現在是講究行銷跟包裝的年代，妳的東西好不好是一回事，但是行銷策略成功，確實能夠將商品帶入更高的銷售層次，這一點妳明白吧？」

我點頭，他則啜了一口茶，又說：「怎麼會沒有穩定性呢？好好幹就有了，多的是人家一個行銷工作做了幾十年。一個學問如果沒有它的深奧之處，這個學問就沒有鑽研的價值了，妳大學學了四年，難道不了解這個道理嗎？發展性要從長遠的角度看，不是短短一兩年內就可以看到的吧？這個工作妳才做多久？那麼少的時間，連基礎的東西都還不見得學得到，談發展性也太早了。」

「可是收入太低是事實。」我察覺到他開始逐一反駁我的說詞。

「怎麼，妳很缺錢嗎？」結果他立刻反問。

這讓我一時間有點為難，說缺錢的另一個意思就是我很會花錢，才讓錢不夠用；說不缺錢，那豈不是正好跟我離職的理由相違背，自打了一嘴巴？

見我低頭不語，他嘆了口氣，「算了，反正人都回來了，現在計較這些也沒什麼意義。不過還是要告訴妳，現在這種景氣，妳如果不改改個性，到哪裡都找不到長久的工作的。現在的年輕人哪，差不多就是這樣子，大的機會沒能耐跟人家競爭；小錢又不肯屈就，當然一堆失業人口。說句難聽點的，除了放幾個屁算有本事之外，其他的根本連屁都不是，還自以為什麼高學歷。這種人在上海或北京滿街都是，比狗都不如，還談什麼競爭力。」

「所以我想如果可行的話，說不定自己試著經營一家店看看。」我說的是天方夜譚，不過卻也不見得萬不可行。

「開什麼店？在哪裡開？」老爸立刻接著問：「妳有開店經驗嗎？有資金嗎？要知道環境特性才能決定什麼樣的店能開得起來，妳做過調查跟了解了嗎？」這些問題問得我啞口無言，毫無招架的能力。他嘆口氣，說：「妳不是小孩子了，很多事不能嘴巴說說就算了，這些必要條件都沒有，妳大概只能開路邊攤賣麵吧。」

至此，我已經完全無話可說，只能點點頭，反正沒有一個想法是他認為可行的。就這麼窮耗了半晌，見他不再開口，正想放棄溝通，轉頭回房間時，他老人家忽然又有話了：「這樣吧，妳下星期一就到我公司來當祕書吧。」

「我？」愣了一下，我咋舌。老爸的公司就在台中工業區，做的是機械製造的進出口貿易，不過近年來有將重心逐漸遷往大陸的傾向。

「又怎麼，不好嗎？」他神閒氣定但卻隱含殺氣地隨口說了句：「好好考慮一下，想想自己還能有多少出路。妳知道，我不隨便給任何人機會的。」

我當然了解自己的老爸，從一家只有幾個人的小組裝廠開始，慢慢地自己開發，然後拓展市場到大陸，二十多年來，老爸從一部老野狼代步，變成車庫裡有三輛進口車的大老闆。這種商業眼光與手腕確實很了不起，不過相對的，他固執與強勢的作風也讓人不敢苟同，甚至還避之唯恐不及，我就是因爲這樣才選擇到台北念大學，畢業後也不立刻回家，寧可先在北部找工作。

抓了一瓶可樂回房，屁股剛著床就感覺到一陣霉味撲鼻而來，這床很久沒人睡過了，灰塵不曉得堆積了多少，看來我媽很少幫我更換床單，心懷老舊家庭生活觀念的人總認爲，只要沒人躺過的床就是乾淨的床，沒有必要整理。因爲這緣故，害我每次進房間才不到十分鐘就開始鼻子過敏，看來是不該再忍耐下去了，待會兒應該來換了它。

登入電腦網路，先在幾個人力網站留下資料，沒想到自己居然也有靠這玩意兒求職的一天，嘆口氣，本來想拿菸出來抽的，但就在香菸剛含到唇邊之際，我猛然驚覺，不對！這可是在我家，萬一被老爸聞到煙味就不妙了。急忙把菸拿下來，才藏進抽屜裡而已，我媽就推開門走了進來，這又是傳統鄉下生活的另一個壞習慣：他們從來都不懂敲門而後進入是一種禮貌。

不算是過度的囉唆，她只是將我老爸那番痛責台灣年輕人的話換個角度，溫和一點地說出來而已。

「不然就到妳爸公司嘛，也不錯呀，一個月穩穩三萬多塊錢，對不對？」原本已經有了不少白髮的半老婦人今天看起來神容非常清爽，白髮也全沒了，剛剛晚餐時我沒留意到，現在才看得清楚，想來她今天閒著沒事又去染燙了頭髮。

「所以妳可以好好考慮看看，不然，找個好對象也可以呀。」說著，我媽忽然一轉話題：「妳也二十好幾了，不能拖太久的，對不對？」

我搖頭苦笑，心裡在想，這算不算是鄉下地方的又一個錯誤觀念，女人一過二十五歲還沒嫁就跟晚婚畫上等號？有沒有這麼嚴重呀？何況我也還不到那年齡。說著，老媽開始拿親戚的幾個小孩做起比較，哪個阿姨的女兒現在已經懷孕，哪一個已經家庭圓滿，或者哪一個已經兒女成群。

「那是別人家的小孩，不要拿我來比較好不好？」充滿無奈，我跟老媽說：「這些事還早吧，讓我再工作兩年再說。」有點不耐煩地結束話題，看著老媽走出門去，心裡卻忽然有點羨慕起她來。從年輕時就跟著我老爸，看似安靜而平凡，但卻給了老爸無數的支持與鼓勵，才讓她的男人有今天的成就，這種能耐可不是現代的女人做得到的。

轉頭又看看網站上登記的那些資料，我在想，難道真要成爲我爸的員工嗎？這念頭一閃即逝，立即被否決。我爸跟客戶周旋時很有禮貌，也懂得運用各種關係去與人往來，但他馭下極嚴的風格可讓我敬謝不敏。

然而除此還能怎麼辦呢？剛回家的那幾天，老爸人還在大陸，我成日爲了鼻子過敏而苦，偶爾還要接幾通來自台北的關切電話，幾個行銷部同事傳來的全是無關痛癢的問候，早知道不該在公司留下我老家的聯絡方式；台北宿舍的私人物品寄回來時，同時也附上那邊室友們的祝福卡片，她們倒是貼心得很，不多說無謂的話，只祝我早日找到自己的方向。

方向？我嘆口氣，這幾天壓根兒沒去思考下一個工作的問題，現在老爸提出一個辦法，倘若我又拒絕，必定會讓他老大不痛快。但那能答應嗎？當然不，我不想這麼窩囊地就在自己家的公司上班，大學同學當中也有幾個這樣的例子，她們有些在台灣，有些在大陸，但不約而同都成爲老闆兼父親的祕書，美其名是就近照顧、工作方便，但事實上根本就是廉價勞工，還不必付加班費的那種。

百無聊賴中，我關掉了人力銀行的網頁，就在線上到處亂逛了起來，最後開啓的是一大堆拍賣頁面。這年頭可眞怪，什麼東西都有人拿出來賣，從最常見的衣服飾品跟鞋子，到各種各樣的商品都有，晃著晃著，我忽然眼睛一亮，就在一個拍賣頁面上，我看到一個挺有趣的商品，那不是一件衣服或一雙鞋子，也不是一件飾品或一個什麼小東西，而是完完整整的一家店，從店面到內容物完全具備，就差一個新老闆。拍賣的要價不高，只有區區幾十萬而已。

「風水佳，地理好，天然福地，廉價標售。」活像墳地或靈骨塔的廣告，那個商品說明這樣寫著。

不試試看怎麼知道自己的能耐，對不對？

03

站在對街望過去時，我的心中充滿懷疑，不曉得自己來到這裡的意義究竟是什麼，或者，我左思右想了好久，卻無法釐清自己眞正的念頭到底爲何。難道我眞的想買一家店嗎？怎麼會興起這種買一家店的想法呢？難道那個隨口敷衍我老爸的計畫眞可能實現？

店面並不挺大，充其量不過一般民宅的寬度，預估可以容納的客人並不多，側身在看來極其一般的街道上也不怎麼顯眼，而且店門口還有兩棵不知品種的行道樹矗立左右，繁盛的枝葉根本就遮住了大半的視線，整個就是很不起眼。若非行道樹旁還有一面招牌可供辨識，不熟悉此處的路人恐怕難以發現它的存在。這種店面的生意肯定不會太好，不過換個角度想，卻也營造了一種私密空間的感覺。想起那個有些不倫不類的拍賣說明，其實倒也有幾分道理，這裡算是台中市區裡相當幽靜的角落，距離商圈也不遠，是很適合開設咖啡店的地點。

然而看看時間已經過了下午三點，卻絲毫未見要開門營業的打算，行道樹旁的招牌寫的不是咖啡館嗎？這時間了還不開門營業？四周不見熙來攘往的行人，只偶爾有零星的上班族經過，但誰也沒向那家店瞧上一眼，彷彿它根本不存在似的。不過這也對，誰會對路邊一個看似倒閉的店家那扇老舊鐵門有興趣？

從對街走過來，就在咖啡館旁的公車站牌邊，我忽然有些懊悔，早知道不跑這一趟了。我家住在台中市的另一邊，轉了兩班公車，大老遠穿過整座城來到這裡，看到的居然是這麼不具吸引力的一家店？這附近雖然適合咖啡店之類的店面，但眼前這一家顯然沒有好好經營，它甚至連個像樣的招牌都沒有。

帶點失望，看來不如搭上反方向的公車回家，繼續等待人力銀行網站的通知算了；今天出門前我看了一下，已經收到兩個面試通知，雖然都不是我所嚮往的工作，但去看看也無妨，總好過頂著大太陽，站在這裡浪費時間。

「妳找人嗎？」站在店門口又瞧了瞧，正當視線被門口那個小花圃中營養嚴重不良的植物給吸引時，背後忽然有人開口，讓我吃了一驚。一位頭髮略顯花白，身材有點臃腫的阿姨用帶著台灣國語的腔調問我：「這間店還沒開啦，妳要找人嗎？找人的話現在還太早喔。」

「都下午三點了還不開？這不是咖啡館嗎？」指著緊閉的店門，我問阿姨。

「假的啦！」結果阿姨爽朗地笑了出來，「那是羊頭而已。」她下巴朝緊閉的鐵門一努，說：「這是一家酒吧，掛了羊頭，但是賣的其實是狗肉。」

居然會有這種事！搞了半天，我看上的這家店原來是假咖啡館？雖然都是沒涉獵過的範圍，但咖啡店好歹多幾分文藝氣息；酒館對我來說未免粗獷了點。難以置信地離開，傍晚六點多，無處可去，索性跑到市民廣場附近，先在書店買了幾本書，也吃過晚餐，坐在路邊的小館子裡，有種莫名的感慨，當了幾年「忙碌的台北人」後，沒想到自己竟有如此閒散的一天。回頭想想，往常的這時間我在忙什麼？寫企畫、開會、帶著作者到處跑活動？或者如果還留在出版社，可能現在又站在編輯面前挨罵？怎麼也沒想到，眼前這當下，我居然悠閒若斯。用叉子攪攪碗裡剩下的半顆肉圓，忽爾悵然，這就是人生吧？誰也不知道下一分鐘的自己會變成什麼樣子。

那個胖胖的阿姨原來是「咖啡館」隔壁一家簡餐店的老闆娘，她很熱心地介紹了那附近的地理環境，也分析了當地客層的屬性，甚至還聊起了市場經濟與景氣現象的問題，聽得我差點都要以為她是什麼股市名嘴了，好不容易等她話題暫歇，我趕緊插嘴問她這家假咖啡館的經營狀況與頂讓原因，不過可惜的是阿姨並不清楚，她反問我是不是有興趣。

「唉唷，不好啦，女生做這種店。」見我點頭，阿姨露出一臉擔憂的模樣：「賣的都是酒，又開那麼晚，這樣可能不太安全啦，而且女人最好不要熬夜呀。」說著，她的話匣子又開了，從皮膚保養與睡眠時間的關係，說到熬夜對生理期的影響，跟著便聊起她以前懷孕時爲了工作而缺少休養，以致於現在經常腰痠背痛……一場不期而遇的談話大約花掉兩個小時，然而跟那家店有關的內容我想並不超過十分鐘，除了市場經濟與女性健康保健，她還滔滔不絕地數落了店舖房東一番，直說她也很想跟進，把店也頂掉算了。

阿姨人很好，只是囉唆了點。還看著那碗肉圓，我跟自己說：如果眞的頂下店來，能有一位這樣的鄰居似乎也不錯，至少她非常熱心。可是我眞的要去賣酒嗎？二十多年來，我認識的啤酒永遠只有台灣啤酒跟海尼根，這還都是電視上看來的廣告，老實說除非必要，否則我根本滴酒不沾。都說台北是何等繁華的花花世界，我卻一家夜店也沒去過。這種情形下，要籌措幾十萬資金貿然投入，風險實在高了點。

到後來根本吃不下那半顆肉圓了，結帳離開，在好大一片公園邊閒適散步。附近行人不少，多的是攜家帶眷或蹓寵物的民眾。不是週末卻有這麼多悠閒的人，這就是台中嗎？看著他們，我在想，他們的人生中難道沒有任何躊躇猶豫嗎？這些人從什麼樣的故事裡走出來，才變成此刻我眼前的樣子呢？正出神著，人行道邊迎面而來的一對夫妻忽然停下腳步，年輕的太太用不太確定的語氣叫出了我大學時的綽號：「阿醜？」

那當下可眞讓人傻眼，走近一點，認了出來，她是小我一屆的社團學妹，當年就不太熟，畢業後也已失聯許久，沒想到今天居然在這兒遇見，而更傻眼的，是她左手挽著一臉老實樣的丈夫，右手牽著狗，而且還頂著一顆便便大腹。

「這麼幸福，傍晚出來散步？」寒喧幾句後，她老公牽著狗到一旁去抽菸，學妹扶著她那顆大肚子，跟我站在稍遠處閒聊，我說這一幕可眞是讓人羨慕，大學畢業沒兩年就找到幸福的歸宿了。

「就賭一把囉。」學妹笑著說：「景氣差，工作不好找。想想家庭主婦也是不錯的事業，既然外頭的薪水不好賺，那不如經營一個家庭試試看。」

「這麼隨性？那萬一賭輸了怎麼辦？」我瞥了她老公一眼，也不禁露出笑容，說：「雖然看來是挺成功的。」

「就積極正面一點囉，與其想著輸了會怎樣，不如想想應該怎麼贏，不是嗎？」她則是笑著反問。

結束那段簡短的對話，慢慢走向公車站牌，我像是明白了一些什麼似的。與其想著怎麼輸，不如想想應該怎麼贏。多麼樂觀向上的觀點啊！反正我已經幾乎沒有選擇了，不是嗎？在台中很難找到行銷之類的工作，除非又回台北；再不就是答應老爸，當一個廉價勞工，這些可都不是我樂意的哪。搭上公車，沒有往家的方向前進，又繼續朝著那家假咖啡館過來，或許我也應該給自己多一點機會，賭這一把試試看，就再看它一眼吧？

店裡有些冷清，裝潢佈置非常簡單，只有一座吧台看來像是費心料理過的，其他一切簡直就是陳年舊貨的大雜燴，這家店如果去掉昏黃燈光音響跟裡頭的人，說它是資源回收場大概也有人信。坐在吧台尾端，工讀生給我一本破爛的點單，上頭羅列了一堆飲料跟餐點，但很多都被畫上一條條紅槓，「暫停供應」的意味不言自明，仔細看看，根本沒剩下多少選擇，最後我只能選了柳橙汁。

客人不多，但普遍都很年輕，也有幾個外國人盤據一邊的角落，正在高談闊論些什麼，只有我獨自一人沒有說話對象。抬頭是一部架在牆上的電視，正在播放無聲的電影，充耳淨是他們的談話喧嚷以及我聽不懂的搖滾樂迴盪。吧台上除了桌墊，還擺了許多小雜物做裝飾，有些是造形奇特的菸灰缸，還有陶瓷製的大同寶寶跟招財貓之類。環顧了一圈，我發現這兒根本沒有特定的風格，大概就是有什麼就裝飾什麼的結果。而每個人手邊的全都不是咖啡，我也完全沒聞到咖啡香，大家喝的不是啤酒就是調酒。

柳橙汁送來時，眼妝畫得很濃的工讀生問我是不是在等人，如果還有朋友要來，可以先幫我安排地下室的座位。

「還有地下室？」我愣了一下。工讀生點點頭，說：「很大，不過也很空，因爲現在下面半個人也沒有。」

笑著跟她搖手說不用，工讀生又問我怎麼會發現這家隱密的小店。不好意思說是在網拍上頭看見這兒在標售，我說只是路過，好奇就來走走。一聊到我以前在台北的出版社任職行銷企畫，小女生還露出心嚮往之的表情，說：「那妳一定交遊廣闊，經常跑夜店吧？」

那當下眞是尷尬至極，我只能搖頭苦笑。聊沒幾句，眼見得她一個人又開始忙東忙西，我則在想，這兒其實也不算差，如果好好整理一下，加強風格特色的話，應該也大有可爲吧？左右張望了片刻，工讀生又晃了回來，問我回台中之後有何打算。

「目前還在找工作。」我客氣地說。

「這樣啊，那我介紹妳一個好選擇。」她說：「妳可以來我們這裡當老闆，反正這裡什麼都缺，連老闆也缺。」

「說到老闆，你們現任老闆呢？」

「跑路了。」

「跑路？跑到哪裡去了？」

「大概是黑龍江吧，現在。」聳肩，她一派非常輕鬆的口氣。

不想輸，所以才更得想著怎麼贏。

沒有特別找誰商量，事實上身邊也缺乏可以商量的對象。我又上網看了一次，那個拍賣網頁上有賣家的聯繫方式，但我打過幾次電話都沒人接，最後只好依據上頭註記的地址尋來，沒想到聯絡人莊太太居然就是咖啡館隔壁的胖阿姨，不過當然她不會使用網路拍賣，代勞的是她剛上大學的女兒，那串詭異的商品說明就是她女兒的奇想。而聯絡地址則是簡餐店的地址，跟咖啡館還共用一個門牌號碼。

「妳眞的要頂下來嗎？」詫異地看著我，莊太太不可置信地說：「我女兒說那個什麼網路拍賣裡頭什麼都有人買，也什麼都有人賣，沒想到是眞的。」

對於這個交易管道，我自己都覺得匪夷所思，不過這不是問題。莊太太告訴我，咖啡館老闆因爲副業過多，最後終於分身乏術，現在人確實滯留大陸未歸，將來要遇到的機會可能也少，爲此，他才寫下一紙委託狀，將咖啡館易主的事務全權交託給莊太太，反正她向來熱心，這種事看來她很樂意爲之。

看了那張委託書，上面註明該店頂讓金額是六十萬，若交易成功，莊太太可獲得百分之五的利益，所以說穿了其實只有三萬元的佣金而已。

「哎呀，找個好鄰居比較重要啦。三萬塊錢算什麼，不收也沒關係。」她很大方地說完，又問了一次：「不過妳的生理期正常嗎？作息可以應付嗎？女人的皮膚很重要呢，我看妳這個雀斑很多，如果熬夜的話……」

當然不是單憑著學妹那幾句讓人很有感觸的話，或者莊太太的熱心允諾會幫忙，我就傻呼呼地跑去辦貸款，中午出門前，老爸忽然一反常態沒在公司用餐，卻回到家裡，劈頭就問我工作找到了沒。

「妳不是打算這樣混一輩子吧？」見我搖頭，他用鄙夷的眼光看過來，說：「我手下從辦公室到工作現場，總共有八十幾個員工，妳現在的社會價值，連最基層的臨時工都比不上，知道嗎？」

點點頭，我知道，因爲臨時工還有每小時九十五元的工作價值，而我的生產力則是零。

「像妳這樣肩不能挑，手不能提，學歷又普普通通的年輕人，每天都有成千上萬個瀕臨失業邊緣，或者根本就已經是遊民了，妳懂嗎？」一邊吃飯，他用筷子指指我。

我當然也清楚，台灣的失業率之高，有一半以上都是年輕的大學畢業生所造成的，這些人大多跟我一樣，沒有眞正的一技之長。

「那妳可以告訴我嗎？」他停下吃飯的動作：「憑什麼妳有資格坐在這裡跟我吃飯？妳知道我的總資產現在有多少嗎？」

然後我就搖頭了。在離席前，他還不忘補了句：「不要說老爸用錢逼妳，但事實上我現在口袋裡的鈔票換成零錢的話眞的也能壓死妳。快點找工作去，再沒下文，妳過兩天就乖乖認命到我公司來上班吧！」

我聽得垂頭喪氣，正想回房，耳裡聽到我媽問他是不是到了公司，我還是當老闆特助，結果老頭子鼻孔裡哼了一聲，說：「還特個屁助！現在來，勉強給她個倒茶小妹的缺就算不錯了。」

衝著這句藐視人的話，我坐在銀行櫃檯前，拿出證件跟印章，還有一份草草寫就的還款計畫，遞給了負責貸款業務的小姐。隨後則領出了戶頭裡存了好久才存到的三十萬元，然後搭了計程車，又往咖啡館過來，把錢交給莊太太。

「做這種店要很有交際手腕喔，得不斷跟客人聊天呢，妳行嗎？」把那個跑路老闆已經預先準備好的讓渡書拿出來，我簽下名字跟出生年月日時，莊太太在一旁問起。點頭，這我了解，就像工讀生一樣要招呼別人，以前我的行銷工作也差不多。

「調酒雖然不需要執照也可以上班，但是要花很多時間記憶，我看工讀生小妹一開始都學得很辛苦，妳確定妳的記憶力夠好？」莊太太又問，而我剛寫下自己的戶籍地址。還是點頭，這難不倒我，念書時我的記憶能力就不錯。

「進貨的時候有很多東西要搬，啤酒啦、可樂啦，這些東西很重的，妳這麼瘦也能搬嗎？」莊太太拍拍我左邊肩膀。不礙事，雖然沒有健壯的體魄，但東西慢慢搬總搬得完，這種不過消耗一點勞力的工作又豈是需要放在心上的？一面瀏覽著讓渡書上的條款，我點頭。

「這附近雖然沒有什麼酒吧，可是客人也不算多，經營上會花很多心思，而且弄不好可能連原本一點點的客人也會跑掉，妳有心理準備了嗎？」她看著我寫下最後的簽約日期，也蓋上了印章，嘴裡依舊充滿擔心。

「想得到的問題通常都不是問題，給自己一個機會試試看，年輕就是本錢。」面露堅定的微笑，把簽好的文件連同裝在信封袋裡的錢都交過去，我對莊太太說。

想得到的問題都不是問題，因為既然想得到問題，當然就可以推演出解決之道，這一點我有十足的把握，反正按照莊太太的說法，店內原本的工作都有工讀生張羅著，不需要我格外操心；對付聽說很難搞的房東，莊太太也拍胸脯保證會幫我應對。如此一來，我要專心處理的，就是如何改造一家店，使之成爲我的地盤而已。

交易完成，莊太太把咖啡館的鑰匙交到我手上時，問我怎麼稱呼，這樣她才好跟別人介紹。想了想，我說：「叫我阿醜就可以了。」

「阿醜？」

「對呀，阿醜。」我笑著。

很難嗎？其實也不，下定決心，辦個幾十萬的小貸款，然後就可以開始老闆生涯。當我打開店門，獨自走進來時，心裡這樣想著。老爸的話雖然充滿反面的攻擊效果，但卻變成我往前走的動力。雖然從沒辦過貸款的我，在銀行裡期期艾艾，靠著行員說明了老半天，介紹了好幾種貸款名目，我才大致了解情形。那行員不斷提醒我，青年創業有很多風險，其實不如想像中簡單，雖然年過半百，已經在銀行服務了許多年，經手處理過的貸款案件不下千百件，但每次都會苦口婆心地給年輕人再三提醒。

「老實說，我自己也很緊張。」在簽署文件時，我跟那個行員坦承心裡的不安：「可是除此之外，我想不出還有什麼自己想要的工作。」那名字簽得很用力，我說：

「考慮得愈多就愈難下決心，既然這樣，不如鼓起膽量來拚拚看，就當作是孤注一擲吧！」

走進店裡，一邊回想著在銀行裡的對話，一邊就著外面的光線，我環顧不過幾坪大的一樓空間，摸摸厚實的木製吧台，也搖搖那幾支堅固的高腳椅。找到牆壁上的電源開關，打亮燈，順著階梯而下，地下室很寬廣，除了吧台，還有個老舊的小舞台與一張撞球桌。

我一個人，安靜地獨自看看吧台裡數量眾多、對我而言相當陌生的酒瓶，一一欣賞著瓶身的標籤。

眞的，一點都不難，一切都如箭離弦，不得不發後，就朝著眼前唯一的方向努力前進就是了。今天晚上，我要跟工讀生好好介紹自己，讓他們知道，這兒終於有老闆了。而不久之後，當我賺到了錢，我要非常瀟灑地告訴我老爸：他女兒絕不是個好吃懶做、一事無成的庸碌之材。

一切都宛如夢中，前景整個看好，我幾乎就快相信自己是個改變命運的神了。正當幾乎滴酒不沾的我想打開冰箱，拿一瓶啤酒出來好好犒賞自己一番時，店裡忽然不知從哪兒傳來輕輕的「嗶剝」一聲，那聽來像是什麼東西的爆裂之聲，我還來不及反應，就看到牆壁上的電源開關閃了一下火花，然後是地下室的電源總開關發出「喀」的大響，它居然好端端就這麼跳電了，還徒留一個其實很怕黑又完全不懂配電維修的我在伸手不見五指的陌生世界裡大聲尖叫。

想不到的問題才真的是他媽的大問題。

05

還記得不久前仍在出版社做行銷時，我曾陪同一位歷史作家跑了幾場演講，他在一次討論中國近代軍閥戰亂的演說中，曾用了八個字來形容當時的中國局勢：綱維崩解，春秋倒序。此時此刻，對於這家店，我忽然很能夠明白那八個字所指的深奧意涵。

手上有一份簽好的讓渡書、一份尚未期滿的店面房租契約，還有一副店裡的備用鑰匙，這就是我現在能掌握的全部了。在地下室尖叫半天，這才想起自己口袋裡有打火機，勉強鎮定心神，點亮了微弱火光，小心翼翼地走上樓，卻發現電動鐵捲門在斷電時無法開啓，正不知如何是好，忽然自地下室傳來莊太太的叫喚聲，沒多久，她居然拿著手電筒從我們咖啡館的地下室循階而上，我這才知道，原來兩家店的地下樓層不但共通，而且相隔的那扇門根本就連個鎖頭都沒有。這也難怪莊太太要很仔細地挑選鄰居了。

她好心地幫我找到配電箱的總開關，輕輕一扳，讓店裡恢復供電，我則趕緊打開鐵門。當外頭的光線投射進來時，竟然有種重見生天的欣慰之感。

「房東很小氣，這個配電箱都幾十年了也不肯換新，在這裡做生意眞的很危險。」莊太太一面說著，卻沒發現我臉上驚魂未定的表情。也眞是夠義氣了，這種問題簽約後才跟我說。

「妳怎麼知道我被關在裡面？」說著，我忽然想起。

「大概整條街的人都聽到妳的慘叫聲了。」她卻笑了。

這個恐怖的經驗讓我猛然間心生警惕，看來平靜和樂的外表下，可能還蘊藏著各式各樣我所未知的危機。把那種欣慰與感動暫且收了起來，改採小心翼翼的探險精神，我又重新巡視了一遭，這才發現許多問題。爲此，我緊急草擬了一份整修計畫，其中包括三大類，首要之務就是這充滿整屋子的電路問題，非得趕緊修繕不可，否則我還沒賺到錢，大概店就已經燒掉了。

其次則是各項裝潢。電力恢復、莊太太離去後，我又下樓看了一次，牆上一些原本裝飾用的油畫老舊不堪，上面結滿蜘蛛網，甚至還有小蟑螂在上面賽跑，簡直亂到不行。而角落牆邊堆滿了廢棄木板跟雜物，這也應該清理掉。木製的吧台桌面在幾年的損耗後，有些地方已經發霉腐蝕，不但難看而且危險，換掉一些木板的部分會好一點，而這些當然也得附帶一些油漆或木工的工程要做，反正是翻新嘛，當然就該一併處理。

最後則是補貨問題，雖然還沒問過工讀生，然而光看地下室那些庫存也知道東西一定有缺。

三個方向全都指向一個「錢」字，而這也是最大的問題——我能動用的餘額其實已經不多了。

「請問，」正當我坐在一樓吧台邊苦思經費來源時，店門忽然被推開，有個理著小平頭，看來一臉不善的年輕男人站在門邊，問我：「現在有營業嗎？」

愣了一下，我搖頭，跟他說目前沒有。這也沒說錯，一般而言，這家店要等到晚上九點後才開工上班，所以這當下確實是非營業狀態。

「這裡真的是咖啡店嗎？」他沒有立即離去的意思，看了幾眼店內環境，又問。

沒有直接回答，我先翻開一本點單，看看裡頭的內容後，這才說：「基本上我們有賣咖啡。」

「妳是老闆嗎？」

「半個小時前剛上任。」我點頭，同時發現這人左手臂上有好多刺青。或許我應該客氣點，因為這男人身高很高，看來大概超過一百七十五公分，臉上橫眉豎眼，怎麼看都像個混混。我趕緊補充說明，剛剛頂下這家店，近期內會裝修，並重新開張。

那人點了點頭，居然還問這裡要裝修什麼，我說就是簡單的佈置更改、電路檢查。男人自顧自地點點頭，竟然還說他住的不遠，最近閒來無事，也許可以來幫忙，反正木工跟油漆的東西他很拿手。

這算是我的第一個客人嗎？雖然他什麼也沒消費，看起來像個壞蛋，但說起話來顛三倒四，倒是十分好玩的樣子，只可惜忘了問他尊姓大名。

晚上還是回家吃飯，完全不動聲色，直到老爸下班回來，問起工作，我說目前打算先到朋友的咖啡館幫忙，之後慢慢繼續找。他當然不滿意這種結果，不過卻也無可奈何。

在家裡又待了好一會兒後，我找了個名目，開了媽媽的車出門，又往店裡來，已經晚上九點半，工讀生應該已經開店。跟莊太太約好了，她會幫忙向大家介紹，公告新老闆就任的訊息。

不過這個約卻落空了，我踏進簡餐店，只看見長得很像小丸子的友藏爺爺的老人正在收拾店面，那是莊伯伯，他說莊太太剛剛臨時接到通知，今晚有部韓劇要播完結篇，而且還是加長版。他老婆一聽之下，什麼也不管，就跑到附近機車行去借電視看了。

「借電視？」我眼珠子差點迸出來，這種事還眞是從來沒聽說過。莊伯伯一臉無奈地告訴我，小氣的房東拒絕幫大家支付有線電視費用，所以店裡根本沒節目看。

然而這下可好，我該怎麼辦？滿是尷尬地告退，轉身走進自己剛剛買下的店裡，但奇怪的是一樓吧台既沒客人也沒工讀生，反倒是地下室傳來陣陣喧嘩。下樓一看，幾個男人圍在小桌邊，一個鍋子裡正在煮著不曉得什麼東西，滿鍋裡赫然都是粉紅色的湯汁，他們還人手一碗，吃得津津有味。

我認得那個上次招呼我的工讀生，也聽見大家叫她「哞仔」，非常怪異的綽號。

「妳一個人嗎？要不要一起吃？」哞仔端著她的碗，撈起了一顆粉紅色的丸子。

「這什麼？」我只覺得噁心而已。

「草莓貢丸。」正拿著大湯勺在鍋裡不斷攪動，一個看來年紀至少超過四十歲的中年胖子抬起頭來。聲音非常宏亮，但臉上容貌卻比下午那個小平頭更加凶惡的男人說：「很新鮮的喔！今天剛買回來的新口味，來一碗吧？」

我嚇得趕緊揮手說不要，那個中年胖子也不理會我的拒絕，逕自就盛了一碗，還親自端到我面前來，說：「我老李的手藝是有口皆碑的，不用怕，吃吧！」說著，把碗塞到我手裡，然後自己拿起了大瓶的台灣啤酒，對嘴就乾了一口，這才又問：「對了，妳是誰？」

「我……」我還能怎麼說呢？被莊太太放了鴿子，沒人幫我介紹，這下只好硬著頭皮自己上了。「我是這裡的老闆。」

話才說完，這些人就全都傻眼了。

男主角已經出現了，當然不會是老李跟莊伯伯。

06

「我知道這個說起來有點匪夷所思，對已經習慣這裡現狀的各位而言，一定會感到很奇怪，但是……」頓了一下，我小心仔細地斟酌每句話的用詞：「反正這世界本來就很荒謬，對不對？」

「是眞的挺荒謬的。」轉頭見其他人紛紛點頭附和，開口打破尷尬的男人又對我說：「沒想到新老闆是以這樣的姿態登場。」說話的是個三十來歲的男人，後來我幾乎每天都看到他在店裡晃來晃去跟人聊天，偶爾有一兩個新客人進來，甚至還以爲他才是老闆。大家都叫他「學長」，這人是附近一家大學畢業多年的前輩，很多熟客都是他的學弟妹。不過當然我不會叫他學長，我比較喜歡叫他油頭叔，因爲他總是把頭髮梳得很整齊，而且還油亮亮的。油頭叔舉起他手中的啤酒瓶，笑著說：「不管怎麼樣，有人當家做主總是好事一件，先乾爲敬。」

「大家不用那麼客氣，眞的。像以前一樣，當作自己家就好。」我這個中途插隊的「主人」顯得很格格不入，眼看著一群人之間的氣氛顯得有點僵硬，我趕緊補充說明：

「什麼都跟不常一樣就好，真的，真的。」

「所以妳要吃草莓貢丸了嗎？」老李手上還端著碗，不過我則是又搖了一次頭，這種玩意兒，無論如何，我是絕對吞不下去的。

「謝天謝地。」站在吧台裡的咩仔打量我好久，最後終於說話了：「這些傢伙已經在這裡無法無天了幾個月，以後總算有人可以管了。」她這話一出，吧台邊這群男人們立刻發出抗議，每個人都強調自己無罪。

「不會的，我看一切都還不錯嘛。」我趕緊打圓場：「我覺得你們都很像一家人，看來大家的感情都很好，對吧？這種氣氛很棒呀。」

「是嗎？」咩仔橫了那些人一眼，殺氣立刻讓他們瞬間全都閉嘴，然後這才對我說：「這種時間會在酒吧裡鬼混的男人都差不多是一個樣，妳以後就會慢慢發現了。」

晚上十一點半了，還在酒吧裡鬼混的男人究竟是什麼樣子？老實說我還真的沒見識過。沒想到第一次進來只待了半小時，喝了柳橙汁；第二次再進這家店，我就變成老闆了。咩仔說她當初就覺得很奇怪，少有陌生客人一進來就問老闆在哪裡的，果然我是別具用心。聽起來雖然有點怪，但確實也是事實，那時我的確是懷抱著觀察環境的心態來一探究竟的，當然會想多了解一點這家店的經營情形。不過我也跟她保證，這家店基本上會維持原有的管理方式，僅在小部分略作調整，至於現場工作，現階段都還要繼續委託她管理。

「吧台工作沒問題，但是那些男人就要交給妳了。」咩仔說：「再跟他們攪和下去，我不但大學會延畢，腦袋也會變笨。」

「有那麼嚴重？」

「肯定有。」她很篤定地說。

這些男人到底有什麼問題呢？油頭叔看起來非常能言善道，而且博學多聞；老李雖然有點顛三倒四，但基本上也還算正常，另外一個胖子雖然樣子有點凶，不過講起話來也挺客氣的。他們會有什麼問題呢？原本我還想不通，不過剛接手的第二天，大家一討論起店裡的事，我就忽然明白了。

「裝潢絕對是個大問題，這家店在妳之前已經歷經三任老闆，妳算第四屆了，可是這兒的裝潢擺設完全沒有改變過，什麼東西都跟五、六年前一模一樣。大部分的客人都是熟客，老實說，我們早就看膩了。如果妳想要有所作爲，第一要務絕對是這個，趕快把裝潢佈置改一下吧！」油頭叔慎重其事地說著，內容還算中規中矩。

「宣傳不夠啦，路過的人很少注意到這裡，這樣不行。依我看，先做個紅布條掛在外面的行道樹上，然後派幾個人出去發傳單，最好是挑年輕的辣妹去發，這樣更有效。而且店裡工讀生也要多請幾個，當然一定也得仔細挑過，臉蛋跟身材都要好才行，不要像以前一樣，隨便什麼人都可以來上班。」平常在電信公司任職，專做基地台維修的老李已經喝得滿臉通紅，說這些話時，我看見哞仔瞪了他一眼。不過老李完全不以為意，只見他繼續說著：「還有還有，妳賣的東西也可以考慮增加一點，最好是多賣一點食物，喝啤酒怎麼可以沒有下酒菜，妳說對不對？如果需要幫忙，我可以當廚師，不管妳想吃什麼，我都可以煮得出來！」苦笑一聲，我想起那一鍋粉紅色的草莓貢丸湯，虧他們想得出來。看著說得口沫橫飛的老李，我終究還是無奈地搖頭。

「你們說的都很對，但也不全然對，除了裝潢跟行銷，以及員工的賣相之外，照我看來，讓這家店充滿新意的方法莫過於多辦一些活動來吸引顧客，地下室有張球桌，我們可以辦個撞球比賽，參賽者都要給自己想個漂亮的名號才能報名，例如我就叫作『中台灣玉樹臨風敲竿神童雷小龍』，這名頭多響亮！」我們沒有人想理會他，雷龍頂著一顆大光頭，下巴卻蓄著濃密的絡腮鬍，百來斤的身材幾乎快坐垮吧台的高腳椅，樣子看來比老李更凶惡，但說出來的話卻蠢到不行。

他們都是這兒的常客、熟客，甚至可以說是元老。打從第一任老闆草創本店起，他們就一天到晚窩在這兒，一轉眼好幾年過去，他們從學生變成社會人士，卻依舊把這裡當成自家客廳，尤其是油頭叔，他家就住在距離本店不到五十公尺的距離，每天晚餐吃飽，就晃呀晃地晃過來，而且風雨無阻，我問他來這裡幹什麼，他支支吾吾地也講不明白，反正就是一天不來會覺得怪怪的而已。

每個人提供的都是寶貴意見，他們眞的看見了這裡的需要，也將這些厚望寄託在我身上。然而這些男人們都沒想到，第四任老闆，也就是我，其實不過是個二十開外、畢業沒幾年的新鮮人，我唯一比較稱頭的社會經驗，不過就是出版社的行銷企畫而已。什麼裝潢、粉刷，甚至撞球比賽，根本都沒經驗也沒概念。當夜終於深了，老媽打過兩通電話來找人，被我搪塞過去，最後一個人站在已經打烊的店裡，拿著從油頭叔那兒借來的一把捲尺，開始丈量牆壁上的舊裝潢尺寸時，心中不免暗自咒罵：他媽的幾個老男人淨會出張嘴，說了大半天，給了一堆狗屁意見，每個人都說只要我開口，他們鐵定義不容辭、幫忙幫到底。那現在呢？現在他們人在哪裡？還不都一個個買單回家，床上一躺就了事了，徒留老娘在這裡，千頭萬緒卻沒一個著手處，套句閩南語，還眞的是詛咒給別人死。咩仔說得沒錯，這些男人還眞的都是一個樣。

「請問……今天有營業嗎？」連捲尺的正確使用方法都搞不懂，正決定放棄之際，門口忽然又被推開，一個聲音傳進來，一看，又是上次那個看起來很像小混混的刺青男。他看看裡頭，用很疑惑的表情對著我：「難道我又來錯時間了？」

「有營業是沒錯，不過非常可惜，你來得太晚，已經又打烊了。」垂頭喪氣地將那個捲尺在手裡上下輕拋著，我說。

刺青男點了點頭，但卻沒有離開，反而走了進來，問我是不是在忙。搖頭，我說只是閒來無事，在研究手上這玩意兒。

「那只是一個捲尺。」他露出疑惑的表情。

「對你而言是這樣，但對我來說，它比外太空掉下來的隕石還要複雜。」我搖頭：「尺一拉出來就又彈回去了，很奇怪。」

「上帝創造每一樣東西都有其目的跟功能，就像藝術一樣，只要妳仔細觀察就會發現它的美好。」說著莫名其妙的話，他把那個捲尺拿過去，拉出一小段，然後將捲尺側面一個黃色的小方塊輕輕一推，已經拉出的捲尺竟然就這麼固定住了。

「怎麼會這樣？」我愣了一下，沒想到有這機關。

「老實說，這真的沒有很難，妳只要睜開眼睛看清楚就可以了。」說著，他把尺還給我。

是這樣的嗎？我眼睛很小嗎？回家的路上，腦袋裡想著的都是那個刺青男的左手臂，上頭又多了一些刺青圖案。解釋完捲尺的使用方式後，我們在店門口簡單聊了幾句，他有個很特別的名字，叫作游家曌，那個「曌」字據說還是幾千年前武則天發明的十九個新字之一，問他爲什麼會取這種怪名字，他說：「好問題，我給妳一個電話號碼，妳打過去就說要找游媽媽，她應該會給妳答案。」

這位「曌」先生的職業很複雜，他年紀只比我大兩歲，是個不怎麼得意的音樂人，也是個業餘的攝影師，不過主要的糊口方式則是幫人刺青。但在景氣如此低迷的環境裡，誰會沒事花錢往自己身上找痛？所以他根本就已經快要三餐不繼了，只好閒來就往自己身上刺青，既是活招牌，也當作是一種鍛鍊。

「不過這個功很細緻呀，應該很痛吧？」看著盤據他左上臂，栩栩如生的青墨色圖案，那片片立體戟張的鱗甲，我相信這一定花上不少心力，當然也一定刺出了不少血。

「刺青是一種會上癮的藝術，刺的人會，被刺的人也會。」他挽高袖子，糾結的肌肉上，刺青非常密集，看得人有些眼花撩亂。我伸出手指，輕輕地摸了一下那圖案，游家曌說：「不信妳來刺一次就知道了。」

「免了，嘿嘿，這種東西還是看看就好。」收回手指，我說：「我這個人信奉一個原則：人哪，不是馬路，絕不要吃飽撐著沒事幹就在身上亂打洞。」說著，又看一眼那斑斕的圖紋，我還是忍不住要讚嘆：「不過說眞的，你也眞是有勇氣跟毅力，這麼長的一條蛇都能把牠刺完。」

「蛇？」結果游家曌瞪大了眼睛：「妳眼睛眞的很小耶！」把已經放下的袖子又拉高一次，他說：「拜託妳看清楚點，牠有腳。」

「噢！原來是蜥蜴。」我說，然後他就生氣了。

我知道那是龍，真的。我這麼說，只是想讓你記住我而已。

07

「基本上呢，調酒的售價跟酒的使用量有很大關係，用的酒愈多，調出來的調酒當然就愈貴。」哞仔指著吧台邊的酒櫃開始介紹時，我才恍然大悟，原來光是威士忌就有這麼多種，單一純麥、調和式什麼的，然後又是好幾種琴酒、白蘭地，還有香瓜酒、芒果酒、百香果酒等等不勝枚舉的調酒用酒。不過這也就算了，我們店裡光是啤酒大概就有八九種，每一種都有記帳時會用到的簡稱，且售價也不一。我像個剛應徵上的小工讀生，先聽完常用酒類的介紹，再拿著筆記本又寫又畫地記錄下大約十來種不同用途的杯子，最後哞仔帶我在店裡又逛一圈，這跟我自己隨意走看時大不相同，她很明確地告訴我，哪個櫃子裝的是食材，哪個裝的是雜物，而哪邊角落堆放的是較昂貴的純飲烈酒，哪些則是一般調酒用的酒款，然後還有什麼餅乾、蠶豆、花生，以及一大堆綠茶、可樂、柳橙汁的堆放位置。

「我的天哪，這要背到什麼時候？」眼花撩亂，咋舌著，我說。

「很快妳就會熟悉了。」哞仔引領著我上樓，「當一堆客人坐在椅子上，眼巴巴地等著妳調酒給他們時，那時候妳就會忽然熟了。」

「是嗎？」我很懷疑。

「眞的。」咋仔點頭，「趁著客人很多時，把新人丟在吧台裡自生自滅，這是訓練他最好也最快的方式。」

老實說，如果以後眞的聘僱了新人，我很懷疑這樣的訓練方式會不會嚇跑人家。不過咋仔說這不用太擔心，反正挨得過去的自然就會留下來變成高手。花了一整晚時間翻閱酒譜，我覺得第一個陣亡的搞不好就是我。粉刷、木工之類的工作雖然尙未開工，但我一點都不擔憂，畢竟那些總可以問、可以學，而且油頭叔他們都能幫得上一點忙，最不濟時還有個游家塁；然而調酒卻不行，這非得自己訓練不可。

「酒譜拿低一點，舉這麼高幹嘛？怕人家不知道妳是新手嗎？」咋仔指著我的手說話。

確定配方無誤，拿起裝了酒嘴的酒瓶，在盎司杯上小心翼翼地倒著時，咋仔又提醒我：「手放低一點，儀態很重要。」

「儀態？」我愣了一下：「不就是小心地把酒倒進去嗎？」

「是要小心沒錯，不過身為一個專業人士，是絕對不會把東西拿這麼高的，那會顯得妳很笨拙。」哞仔把東西接過去，幾乎就在桌面上的高度，很輕鬆地注酒、切檸檬，一切都極爲俐落。她將一杯調酒的材料全都裝進了雪克杯裡，蓋上蓋子，就舉在胸口的高度開始搖，不用幾下就搖晃得頗爲均勻，最後再倒進杯子裡，掛上裝飾用的檸檬片，插進吸管跟調棒，然後便大功告成，耗時竟然不超過一分鐘。

「換妳做一杯試試看吧。」將那杯酒端下樓給客人後，哞仔回來對我說。

「這很簡單，妳一定也會的。」油頭叔坐在吧台外面，誠摯地鼓勵著。

「膽大、心細，練久了就會練成了。」老李也說。

「打翻了也沒關係，反正妳是老闆，沒人可以開除妳。」然後雷龍這樣安慰我。

眞不知道這些人是怎樣，我才剛接手不到一天時間，竟然就叫我開始調酒了？哞仔看了一下客人的點單，那是一杯還頗爲簡單的調酒，除了用的東西有點多之外，手法其實很單純。

「這杯『絲路』交給妳。」說著，哞仔翻開了酒譜，根據那上面的圖示記載，我在雪克杯裡先裝了冰塊，然後依次是香瓜酒、伏特加、椰酒，以及一堆充滿夏天風味的果汁。根據剛剛哞仔的示範動作，我依樣畫葫蘆地馬上就調了出來，差別只是剛剛哞仔用檸檬片當裝飾，這一杯則用紅櫻桃而已。

當一杯淡綠色、充滿中國異域風情的「絲路」端上來時，全場觀眾無不報以熱烈掌聲，爲我的處女作大聲喝采。

「感覺如何?」幫我送酒後，咩仔回來問我。

「當專業人士的感覺，」我笑著說：「眞好。」

上手了就會很順利了，加油!我跟自己這麼說。一面記憶著零零碎碎的工作細節跟物品位置，一面就跟著咩仔在吧台裡招呼客人，這些熟人的好處很多，他們總不厭其煩地幫我介紹，哪個人住在哪裡、從事什麼職業、習慣喝怎樣的飲料，甚至雷龍還會特別幫我附註說明哪位男客人目前單身。

「我不是來徵婚的，好嗎?」瞪他一眼，我說。這些人太好相處了，要不了一晚上時間，大家居然就熟絡起來了。而談到感情問題時，我忽然想起出版社裡的那個前男友，心想或許那眞的是個包含在整個天大錯誤裡的一部分，這次，我找到了自己想要的方向時，感情上最好也更睜開眼睛瞧瞧清楚，以免重蹈覆轍。

「有備無患嘛。」雷龍笑得像個彌勒佛。

本來以爲會這麼輕鬆愉快就到打烊，可以完美地爲我老闆生涯的第一天畫下句點，但沒想到時間一過晚上十二點，油頭叔跟老李回家睡覺後，忽然門口湧進了一票年輕人，他們熙熙攘攘，看來像是剛到哪裡去夜遊結束似的，還提著一袋袋消夜進來。咩仔本來已經有點意興闌珊，就靠在吧台邊發呆了，那瞬間忽然卻眼睛一亮，整個人跳了起來，原本呆滯的眼神立刻有了生氣，還滿臉堆歡地跟客人招呼，就帶著他們要往樓下去安排座位。

「妳這麼高興幹嘛？他們是妳的朋友嗎？」我疑惑著。

「不是呀，我根本不認識他們，」一面請客人往下走，她小聲地對我附耳說：「我只認識他們的錢而已。」

那當下我懂了，也跟著笑了。不過這個笑可沒維持太久，當咩仔又回來時，她用很賊的笑容對我說：「妳實習的機會馬上就到了。」

那眞是可怕的滋味，一大群大約十幾個，點的居然全都是調酒。咩仔叫我穩著點，她先端了餅乾跟蠶豆下去，趁著這些人嗑牙聊天還吃消夜的時候趕快動手調酒就好。然而說是這樣說，做起來卻又談何容易？我只覺得心跳加快，腦袋裡一片空白，手腳也有點不聽使喚，明明是方才就翻閱過的酒譜，現在要找內容配方卻忽然找不到了；好不容易翻到，但早先前咩仔才說明過，可我卻忘了那些各式各樣的材料放置何方，搞到最後連雷龍都差點要走進吧台來幫忙。

「坐下，你在那裡提醒我就好。」百忙之中，我還得要制止他。

「不需要我幫忙嗎？」

「很需要，但問題是你擠不進來吧？」我有點哭笑不得地說：「瞧瞧你那顆肚子哪，大哥。」

哞仔說過，聊天中的客人通常不會留意到飲料送來的速度，所以我只要步驟確實，然後逐漸加快動作就好。這似乎很有道理，就在一陣兵荒馬亂中，我的動作來去不停，連將空瓶、空罐丟進垃圾桶的時間都沒有，就全拋在洗手槽裡；吸管壺、綠茶之類的器具與材料用了也沒時間收，全都暫時擱在旁邊，我集中自己的注意力，全神貫注在調酒上。眼看著一杯杯調酒做好，比較難的顏色漸層也約略有了，我的信心才慢慢地回來。

「還差幾杯？要不要我幫妳？」跑上跑下地幫忙送酒、拿杯子，哞仔站在樓梯口問我。

「就最後一杯了，我可以搞定。」自信滿滿地，我笑著。

她給了一個很窩心的微笑，然後下樓，而我則一手握著雪克杯，速度很快地搖晃著，另一手伸到杯架上拿杯子。

「明星架勢有了喔。」雷龍還在喝著他的啤酒，卻不忘稱讚。

頭。

「我是老闆耶，怎麼可以不學快一點，對不對？」

「話是這樣說沒錯，不過真的很不錯，以前的新工讀生也沒這麼優秀。」他點點

「剛剛不是說了嗎？我是專業人士哪，專業人士的意思你知道嗎？就是非常專業的那一種。」原本應該兩手緊握的雪克杯，現在我只用一手就抓住，另一手已經貪快在準備吸管跟調棒，要不是切檸檬片非得用到雙手，否則我還真想單手就切個幾片下來。

「這杯是什麼？搖好久。」雷龍又問。

「這有個名堂，它要搖得很快，但是不必太用力，主要是靠冰塊跟雪克杯的撞擊，讓裡面的牛奶變成綿綿細細的奶泡，這樣才會好喝，也才有噱頭。」我將咔仔的說明現學現賣，說：「你聽，像這樣！等到冰塊被我搖到溶解，聽不到聲音時就功德圓滿了。」說著，我的雪克杯從原本的上下晃，轉而變成前後搖，雪克杯裡發出「鏘啷啷」連綿不絕的撞擊聲，而非常要命的，就在雷龍的手趴在吧台上，整個胖大的身軀湊了過來，要仔細聽聽聲音時，我本來握得很緊的手卻忽然滑了一下，那一滑可不得了，雖然金屬製的雪克杯沒有脫手而出，打中他的光頭腦袋，但蓋子滑開後，一整杯混了冰塊、鮮奶跟好幾盎司的果汁酒全都疾噴而出，我還來不及尖叫，它們就已經全都濺上了雷龍的臉。

「我……」嚇傻了眼，我站在原地不知如何是好。

「奶泡真的搖得還挺細的，嗯，很專業。」用舌頭舔舔嘴邊的那一片污漬，欲哭無淚的，他說。

好吧，我承認我距離真正的專業人士還差了一點點，就一點點喔。

鳳凰振翼的遠方是否是自由的國度？

或者只是飛去，朝著遠方那晴天的彩虹？

你並不說，只一釘一錘中敲打夢想。

明天什麼模樣或許永遠不如想像，

但我期待那未來的未來有你。

油漆行的大叔拿了一個四方型的塑膠小瓶子，裡頭裝滿深褐色液體，他說那叫作「色母」，是用來調漆的底色。「用量要掌握好，放太多顏色會太深。」說著，他提起一桶跟以往我印象中的油漆桶形狀有點不太一樣，也呈扁四方型的桶子，說：「妳先把木板上原來的顏色都磨下來，將灰塵擦乾淨後才開始用。我手上這一瓶叫作底漆，用來跟色母混合，攪拌均勻後就可以開始塗在木板上，先塗第一層，等它乾了就磨掉一些。」

「又要磨掉？」我愣住。

「對，第一層只是著色，而且我看小姐妳這樣子就知道，妳應該從來沒做過這個吧？所以別妄想著第一層就功德圓滿。」他輕蔑地看我一眼，又說：「乾了之後再上第二層底漆，不過這次就不用添加色母了，只要厚厚地一層塗上去就可以了，然後等它乾了又磨。」

「還磨？」

「底漆很稠，新手通常漆完後都會凹凸不平，所以當然每次都要磨，就算是老手，有時候也得磨幾下，這樣才會好看。不過說真的，底漆愈多層，木板顏色就愈好看，這是眞的。」又瞥我一眼，那眼神彷佛在說：怎麼會有這麼白癡的女人。

「然後就完工了嗎？」

「當然還沒。」跟著又是一桶標籤不同的漆被拿出來，大叔說：「這叫作平光漆。當妳的底漆上過兩層以上，也磨好之後，把它表面擦乾淨，最後就上一層平光漆，這樣才算是一次標準步驟。如果要更講究一點，就同樣也上兩層平光漆即可。」最後他把兩罐松香水放在桌上，告訴我每次調漆都一定要添加這個。

「記得要戴口罩，避免火源，最好是在通風良好的地方使用。」大叔說。

「不然會怎樣？」

「會中毒死或爆炸呀！」這次不只是眼神，他整個表情就是很想把我轟出去的不耐煩了。

幸虧開了我老媽的車出門，否則就算只有短短百來公尺的近距離，但幾大桶油漆如何能提得動？離開前，油漆行大叔忽然問我要怎麼磨漆，那當下我一呆，舉起手掌來示意一下，他居然苦笑著說：「這是用指甲摳的意思嗎？我看妳不如用臉去磨算了。」爲了這句嘲諷至極的調侃，我又買了好幾張砂紙，而他非常好心，居然借我一部他們做油漆工程時會用到的磨砂機，約定好了一星期後歸還，代價則是改天請他喝一杯。

這種工作說難不難，然而真正操作起來卻發現缺少了一點訣竅，這家咖啡館一樓空間甚小，雖然雜物頗多，但整體佈置偏向民俗風，主要的施工方向大概就只有粉刷而已；然而地下室可就麻煩了，地方很大，如果不弄點什麼來讓它豐富點，一整個看來就空蕩蕩的，非常軟弱無力的感覺。我的第一個目標就是設置在地下室的大吧台，這座吧台當初做得很簡單，油漆也不考究，深褐色的桌面看來非常假，而且最要命的是上頭到處有刮傷，頗有年久失修的感覺。

結束生意清淡的一晚，那些應諾要來幫忙的人果然一個也沒出現。打烊後，我關了一樓店面，將地下室吧台上的小擺設都一一撤除，再把模樣看來怪異，但卻非常沉重的磨砂機拿來研究研究，按照油漆行大叔的指導，裝上了一張砂紙，接通電源，開關啓動的瞬間我被嚇了一大跳，噪音嘈雜，而震動的力道大概是行動電話震動力道的一百倍吧？嚇得我趕緊關了電源，雙手還一陣痠麻。

最好是叫我一個人操作這種恐怖的東西啦！我罵了一聲髒話，小心翼翼地握緊機器，電源二度開啓，當接觸到桌面的瞬間，發出刺耳的摩擦聲音，我費了好大力氣才將它穩住，但跟著一陣灰塵揚起，我根本還來不及屏住呼吸，就吃到了一口灰，而更慘的是，電源關掉一看，剛剛磨過去的痕跡因爲力道控制不當，桌面擦出了又大又醜的一道痕跡。

「幹。」我吐了一口口水，說出了心裡最直接的想法。

所以才說那是個講究訣竅的工作。在我毀了快一半的吧台油漆，也浪費了好幾張砂紙後，終於慢慢掌握到了要領，能夠不疾不徐地將機器在桌面上移動，雖然因爲忘了買口罩，不時會吃到機器底下噴出來的漆灰，但那也無所謂了，口罩不能罩在頭上，我遮得了臉也遮不住頭髮，中間休息時上了一次廁所，被自己又嚇一跳，原本滿頭烏黑的頭髮，現在全沾滿了灰白色的粉塵，噪音還讓我有些耳鳴。

好不容易將原本的油漆刮除，我已經雙手無力，幾乎都快抬不起來了，那堆剛買回來的油漆根本毫無用武之地，看來只好留待改天了。坐在吧台邊的沙發上，抬頭，亮黃色燈光下可見空氣中不斷浮動的灰塵粒子，我搖頭嘆氣，看來明天咩仔會累死，這些灰塵落下來可不會挑選地方，所以整個地下室裡，所有的東西她都得重新擦拭一遍才行，而且更不妙的是，這吧台的舊漆被我刮得東一個坑、西一道疤，明天要是有客人想坐樓下，那我們怎麼做生意？

不過這當下也沒力氣考慮那麼多了，只能走一步算一步。把手洗乾淨，走出店門口時，外頭居然隱約可見天空的深藍色，沒想到都快天亮了。已經好久沒看見日出了，雖然知道經營這樣的酒吧難免要熬夜，但孰知不到一個星期時間，我就眞的看見了黎明。然而想想似乎也不對，昨晚很早就打烊，若不是爲了施工，我也不會待到現在。

站在店門口胡思亂想了好久，直到天空眞的微亮了，我才回過神來。台中市的街道上開始有了行人，趕送牛奶跟報紙的機車不斷穿梭來去，而我聽著宇多田光的歌，沒關車窗，就這樣吹著風，半瞇著眼睛，開車回到家。

還很早，按理說我爸媽應該都仍睡著。停好車，搭上電梯，小心翼翼地開門進來，原本預料中應該會是窗簾掩起的一片陰暗，不料走進來卻是滿室光明，還沒會過意，就看見我媽從廚房裡探頭出來。

「怎麼這麼早就起來了？」我問。

「妳去打仗嗎？怎麼弄成這樣？」沒回答我的問題，她雙手在衣服下襬揩去水漬，趕緊走了過來，雙眼還有沒睡飽的血絲，但卻一臉驚疑。

這當下我明白了，全身的灰塵，從門口走進來就已經弄髒了地板。「試著做做裝潢，現在流行什麼都自己來嘛。」故作輕鬆，我說。

「到底妳是去幫忙顧店，還是去做苦工的？」帶著心疼的語氣埋怨，她把我直接推進浴室裡，門關上時，我聽見她說：「趕快洗澡休息吧！還好妳晚回來十分鐘，妳老爸一大早就出門了，下午他要到上海開會，趕著搭飛機。幸虧沒給他遇見，否則這下可好。我說呀，就算沒工作又有什麼關係呢？大不了找個人嫁了就是，不然難道在家裡休息一陣子不行嗎？妳老爸就是這樣。女兒嘛，是用來寶貝的，幹嘛要讓她做得這麼辛苦呢……」

聽著她嘴裡嘮叨，我對著鏡子裡自己狼狽的模樣微微一笑，那是種很溫馨的感覺，雖然一整晚下來很累也很辛苦，但至少還有人心疼我。

或許算是幸運吧，睡了一覺醒來後，已經下午三點半，端著沒微波而已經冷掉的一盤飯菜，蹲坐在十四樓的陽台邊，一面吃飯，一面隔窗欣賞困鎖在灰濛雲層下的台中市。聽我媽說起，老爸在上海的投資計畫人有進展，他這趟過去預計會待上一星期，而且日後也可能要兩地奔波來回。

「這是好事，總好過他閒著無聊每天找我麻煩。」扒口飯，我說。

「也不是小孩子了，這麼任性。」媽走過來，「妳老爸是為妳好，才讓妳到他公司去上班。」

「免了，我感覺不出來這對我好在哪裡。」我說：「總得讓我自己去做點什麼吧？一天到晚躲在他的庇護底下，我什麼時候可以出去看看世界？」

「跟著妳爸才能看到更多吧？瞧妳這陣子在咖啡店攪和，除了一身傷，妳看到些什麼？」我媽笑了一聲，轉身又忙她的去，而我低頭，確實，昨晚爲了那個不太成功的舊漆刮除工程，已經不小心在手上碰出了不少小傷口。

「不過說也奇怪，怎麼你們咖啡店會營業到天亮呢？」我媽好奇地問。聳肩，也不多加分說，如果讓他們知道我經營的其實是家酒館，兩位老人家可能會吐血中風。

下午出門，在附近的水果店買了一大袋店裡調酒時會用來裝飾的檸檬，又到傳統市場裡的食品商行去扛了兩大包的小餅乾，當我風塵僕僕地回到店門口時，卻看見游家塁形容沮喪地坐在店外的紅磚人行道邊，專供行人休憩的小椅子上。

「你會不會來得太早了點？」我說。前兩次見到他，第一回是營業前，再來則是打烊後，他從沒在我的營業時間出現過，這次也是一樣。

「等人，結果被放鴿子，白白浪費一天。」滿臉倒楣的他這麼回答。今天傍晚，原本有個客人預約刺青，沒想到過了預定時間都沒出現，連電話都聯絡不上，最後他百無聊賴，只好出門閒逛。

「所以呢？你逛出什麼心得？」

「唯一的心得就是我的腳很瘦很累，需要找地方休息一下，如果現在有杯咖啡喝，也許我的心情會好一點。」他指指店門口，站起身來，就要等我打開店門，準備走進去，「既不早也不晚的，這次總該有營業了吧？」

「哈，很遺憾，又讓你期待落空。」我笑著潑他一盆冷水：「咱們都很不走運，你又在非營業時段出現，所以喝不到咖啡，而我則賺不到你的錢。」

「什麼？」他瞪眼大叫：「早也沒有，晚也沒有，現在不早不晚的還是沒有！妳這一天營業時間有沒有五個小時？這算什麼咖啡館呀！」

你知道嗎，兩個不走運的人可以發展出很多故事。

Shall we?

或者吃飽撐著的也算我一個，距離開店時間還有兩個小時，而他下一位預約的客人也還要好一陣子才會到，左右無事，又聽他說原來刺青工作室就在附近，反正這輩子從沒見識過，我問能否參觀一下，他躊躇了不到五秒鐘，居然也點頭答應。

那段路果眞不遠，用走的也不過十分鐘路程。游家塱說他最近之所以會很常經過我的店，最主要的理由是因爲咖啡館附近有家排骨飯，很像他之前住在台北時，內江街上的一家小吃攤的味道。

「原來你之前也在台北？」我頓時好奇起來。

點點頭，之前游家塱也約略提過，說他當了六年的刺青學徒，也曾組過樂團，還幹過雜誌社的攝影師，不過除了第一項，其他的全是半吊子。

「當兵前什麼都想學，但其實什麼也沒學好；退伍後什麼都想做，但考量的目標到後來都只跟錢有關。」

「現實如此囉，大家都差不多。」嘆口氣，我又問他：「當刺青師難道是最好賺的行業嗎？」

「至少不用繳稅吧。」苦笑著，他說。經過一番解說，我也才明白，原來六年的時間，對刺青師的養成而言其實不算長，游家塋的構圖風格因爲與傳統刺青圖案不太相同，才能在凡事講求標新立異的台北生存下來，一回到台中可就很難混了，這裡的刺青風格大多還是傳統的日式圖案。

「既然如此，那你何必回來？」走進工作室，我張望著四周，問他。

「因爲刺青在全台灣的行情價格都差不多，但是在內江街吃一碗排骨飯要八十五元，在台中卻只要五十塊。」他的理由還是非常簡單。

工作室很小，看起來五坪不到，一個照明燈架旁擺著工作桌跟一張躺椅，那就是他的生財工具了。桌上有一堆刺青用具，地上則零星散亂著幾本刺青雜誌。他將通往陽台的門打開，外頭的涼風立刻透入，七樓高的風景雖然沒我家的好看，不過這兒可以看見整個台中市中心，也別具一番景致。

「你會幫客人設計圖案嗎？」看著斑駁的白牆上有許多他的塗鴉，也雜以多張客人的刺青完成照片，我問。

「不一定，如果需要的話。」說著，他拉開座椅，坐下後隨手收拾桌面。

「如果我要刺青，你會建議我刺什麼？」

「那得看妳需要什麼，或者看妳想刺在哪裡。刺青師不會幫客人決定刺什麼圖案，通常是客人自己有個想法，然後跟刺青師討論，這才決定出圖樣。」我問得很模糊，他也回答得很籠統。

沒有仔細想，我脫口而出：「在手背上刺個自由與重生的感覺，如何？」

「自由與重生都不難，但是手背不好，身體常活動的地方最好別刺青，以免久了以後顏色糊掉，活像沾在手上洗不掉的機油，難看死了。」他很認眞地想了想，搖頭。

「如果我堅持呢？」

「那我就會一腳把妳踢下七樓去，這種客人只會敗壞我的名聲。」他居然很認眞地回答。拿起一枝彩筆，叫我坐下，就說要幫我設計一個圖案。「免費奉送，如果哪天妳希望這圖案變成永恆的存在，再跟我說。」

「一個自由與重生的圖案？」我問。

「一個自由與重生的圖案。」他說。

大約一十分鐘時間完成，畫在紙上，那是一隻展翅飛翔的九尾鳳凰，有著栩栩如生、像要淩空而起的態勢，很圖騰風格，跟一般常見的擬眞技法果然不同，鳳凰振翅，而九條尾巴四散飄逸。雖然我不是很懂繪畫，不過也看得出來，當他在畫那些飄浮的尾巴時，興之所至地揮灑筆觸，大有開闊不羈的個性蘊含其中，那應該是他個性的一種投射吧？

「很漂亮，不過這圖應該刺在哪裡好？」左看右看，我覺得很中意，眞的生起刺青的念頭。

「背部，大約是肩胛骨的位置應該不錯。」

「但是刺在那裡，自己又看不見。」我說。

「刺青是一種信念，妳知道且相信它存在，那麼它就存在，看得見與否未必是考慮的第一個條件。」他說得挺有那麼一回事似的。

「可是刺在背上，我就看不見你動工了，萬一刺壞了怎麼辦？」

「那就算我刺在妳看得見的位置，然後我刺壞了，妳又能怎樣呢？難道就來得及阻止嗎？」大笑著，他說：「這是一種信任呀，妳相信我，我就許妳一個完美。」

「這麼肯定？」我也笑了。

「以排骨飯的香味爲名，我發誓。」

會有那一天的。排骨飯跟鳳凰，我相信。

我後來終於知道，店裡那些男人們所謂的「幫忙」到底是怎麼個幫忙法。關於店裡哪些地方需要粉刷，每個人都指指點點、議論紛紛，好不容易敲定了位置，我剛撬開油漆桶，濃濃的味道傳散出來時，油頭叔就說他老媽有規定，每天都得回家吃晚餐。

「三十幾歲人了，還得每天回家吃晚飯？」我很懷疑。然而他再三強調母命難違，當下就跟我告退離去。

搖搖頭，不管了，我跟著打開松香水的罐子，更重的味道撲鼻而來，老李則說他得去接小孩放學。

「你有沒有好一點的藉口？星期天上什麼學？」這理由實在太爛了。

就看著已經離過婚，獨力扶養三個小孩的老李扭扭捏捏，跟他平常一臉凶惡的模樣大相逕庭，說：「那個……才藝班嘛，才藝班啦！我兒子去學鋼琴，大女兒去學跆拳道，小女兒學畫圖，剛好都是傍晚六點下課。」

「你最好是！」氣得我差點拿油漆刷子丟過去。眼看著走了老李跟油頭叔，再回頭，一臉心虛的雷龍也正在收拾他桌上的香菸跟鑰匙，還把安全帽都戴上了。「你呢？你不跟老媽住，也沒有小孩。說！你有什麼好理由？」瞪眼，叉腰，我問。

「我……我那個……我這個……」眼看著他囁嚅，一副就快嚇得尿褲子的模樣，我決定還是算了。

「夠了夠了，不管你要說什麼，我相信那都會是非常好的理由，」大手一揮，我嘆口氣：「所以你也可以滾了。」

不會很難吧？我跟自己說。不過就是油漆嘛，誰不會呢？雖然依照油漆行大叔的指導，第一步混合色母、底漆跟松香水時就一個不小心滿溢出來，弄得地上一片髒污，但好歹總算調製出一碗漆來。將暫停營業數日的地下室吧台重新髹漆過一遍，儘管凹凸不平，非常難看，顏色也上得很不均勻，但再多看一會兒，不也很有原始的粗糙感？太勻稱了反而有點造假。

我花了大約二十分鐘，在刺鼻的味道中完成第一道上色程序，才剛有點欣賞成果的興致，就感到一陣頭暈，看來油漆行大叔所言不假，在這種不通風的地方進行油漆工程眞的很危險，接下來的工程至少得在這一陣怪味道飄散後才能繼續。

丟了刷子，緩步上樓。反正都得等不是？我改拿起掃把，踩著椅子，小心翼翼地爬到一樓吧台上，開始清理天花板上所有的蜘蛛網。

星期天的晚上不營業，正是施工的好時機，只是縱然音樂開得很大聲，心裡不免還是感到落寞：如果此刻還在台北，那現在正在做些什麼？是跟幾個同事出去唱歌呢？或者在東區閒晃？有時候興之所至，我們甚至會一群人來個花蓮一日遊。而今，回到台中都一段時間了，甭說逢甲夜市，就連近在我家咫尺的一中街商圈都沒去過，除了店裡這些人，我在台中幾乎沒半個朋友，這種爬高爬低的工作也只能自己勉力爲之。

岔了心神，注意力略略鬆散，一不小心，整片的蜘蛛網落下，恰好蓋在臉上，連躲都忘了躲，那當下眞有種想哭的無奈。

剝開蜘蛛網，我正想繼續動作，卻見一隻不過小指指甲大的小蟑螂從吊扇上摔下來，正好掉在我的手背上。說不怕是騙人的，從小到大我最避之唯恐不及的就是蟑螂，然而這當下尖叫也不是，往下跳也不是，最後終於心一橫，手掌連甩，將牠甩落在吧台桌面上，跟著一腳頓落，讓牠扁掉。

看著蟑螂屍體，我眞的快要哭了，這是什麼世界哪？那些說要幫忙的人呢？你們都死到哪裡去了呀？雖然我發現自己似乎因此而改善了怕蟑螂的弱點，但那又怎樣呢？我寧可繼續怕下去，也不想這樣成長茁壯呀！

沒有休息的時間，站在吧台上哀怨了幾分鐘後，我必須勉強自己，收拾起萬般無奈的心情。今晚預計要做的工作還有很多。揩去蜘蛛網，就算蓬頭垢面也得繼續撐下去。好不容易連吊扇都擦乾淨，我抬出傍晚才買來的水泥漆，和水攪勻。這味道好多了，總算不必承受異味之苦。然而這只是唯一的好處而已，天花板的第一刷剛漆上，一大坨的漆立刻滴落，站在吧台上還墊起腳尖的我根本猝不及防，只能任由油漆全部滴到頭髮上。

「幹！」我大叫一聲，眞的有眼淚迸出。

沒有擦拭的必要，因為我知道意外絕對不會只有這一次，果不其然，天花板還漆不到一半，我已經變成了花臉貓，不但雙手、頭髮都是漆，連臉上也無可倖免，而最慘的，是我拉直了身子，高舉著手，這麼工作片刻後，已經全身痠痛，拿油漆刷的右手都快舉不起來了。

「需要這麼拚命嗎？幹嘛不找個男人來幫忙？」墊起腳尖還不夠，我還放了幾本雜誌墊高，正在賣力時，門口傳來游家塁的聲音。

「這年頭好男人很難找，你是嗎？」只略低頭看他一眼，手還在刷著。我對男人已經徹底失去信心了，還是靠自己吧。

「我不是。」果不其然，他幸災樂禍地說著。手一抬，我眼角餘光瞄見他拎著一個塑膠袋，游家璽說那是他剛剛買的刺青墨水。「客人現在脫了上衣趴在躺椅上等我，刺到一半才發現沒墨水了，我跑出來買，還得趕快回去。」

「那你跑進來有個屁用！」又是個看熱鬧的，我瞪他一眼。

「晚一點收工後再過來看妳。」他嗅了一下，說：「如果妳還沒中毒身亡的話。」還能說什麼呢？一整晚下來，除了隔壁莊太太，剩下的全沒一個是派得上用場的。她在簡餐店打烊前還送了一盤晚飯過來，當然我也不免要聽她嘮叨一些生活瑣事，還包括她對幾部我從沒看過的韓劇的劇情觀感。

辛苦了大半夜，天花板還搞不定，手腳痠軟之餘，我決定暫時收工，就這樣又放下水泥漆的作業，轉而改往地下室去，開始在已經漸乾的吧台底漆漆面上，接著塗上第二層。

老媽應該又是滿懷擔憂吧？接近凌晨了，女兒還在「咖啡店」裡沒回家。如果忙到天亮，回家又被遇見，這滿頭滿臉的油漆肯定讓她嚇壞。而我後來發現，這種裝修工作原來不是說停就能停，無論是一樓天花板的水泥漆粉刷，或是地下室吧台的油漆工，它們一旦開啟後就像失去煞車的輪胎，只能不斷前進，直到跑完階段目標。

地下室的燈光沒有全開，音樂也早已停了，一刷一刷的，在狹窄的桌面上刷出痕跡，昏黃的燈光讓新漆映出斷斷續續的光澤，我的眼神就這麼盯著刷子的尖端，隨著它一來一回始終不輟，即使端著漆碗的左手，跟握著刷柄的右手幾乎都已經快要麻木得失去感覺。

也不曉得究竟過了多久，當我終於又用完一大碗漆時，只覺得頭暈目眩，不但嘴裡隱約可以嚐到似乎有些松香水溶劑的味道，甚至連呼吸彷彿都有那種醉人的氣息。恍惚間一陣噁心，我正覺得自己有些輕微的中毒，卻聽到一樓有叫喚聲。

「你是怎麼進來的？」頭暈目眩地上樓，赫然又是游家塈，這回他手上拎著的不是刺青墨水，而是一大瓶牛奶。

「門根本就沒鎖。」回頭一指那道玻璃門，他說：「休息一下吧，我來接手。」

「你行？」我很不想讓出油漆刷，但眞的已經筋疲力盡了。

「忘啦？我是藝術家。」笑著，將牛奶擱在桌上，從我手中接過油漆刷，就踩著椅子，往吧台站上去，連墊高都不用，直接很順手地就在天花板上刷了一道，而我在疲憊之餘，竟也忘了提醒他。

「顏色怪怪的？」說著，他看了看手裡的刷子。

「你他娘的藝術家個屁……」我已經沒力氣生氣了，只能無奈地告訴他：「大哥，你手上那支刷子沾的是油漆，刷的是地下室的吧台，」指指天花板，我說：「但是瞎子都看得出來，天花板上刷的是水泥漆，根本是不一樣的東西。」

「是嗎？」他還一臉不相信。

「是呀，你他娘的。」我忍不住咒罵一聲。

雖然你很蠢，但我喜歡你送牛奶來。

帶來一張很特別的圖案，游家塁今天的客戶很特別，刺的非龍非鳳，而是一幅大面積的史努比。他說那個客戶原來是個周遊列國的西班牙人，去過日本，刺了一幅小叮噹，到了泰國就刺四面佛，在荷蘭則挑了風車圖案，前幾天剛從美國回來，所以選了史努比。

「沒有台灣嗎？」

「怎麼沒有？上個月他離開台灣前，我才幫他刺了哪吒三太子，還是可愛版的。」他說著，直接在水泥漆碗裡熄滅香菸，抬頭欣賞著宣告完成的天花板粉刷工程。原本剝落得很嚴重的表面現在全部刷上新的深褐色，顯得很有質感。在我癱軟無力地坐在地上休息時，他一鼓作氣，乾脆連同附近刷得到的牆面都幫忙補上新漆，而我變成只負責偶爾幫忙調漆的助手。

「這種工作是有技巧的。」說著，他先將濡飽了漆的刷子在牆上畫了幾道斜線，然後左右刷開，再上下抹勻。「這是最基本的刷法，大面積的範圍可以反覆相同的動作就好。」

「難道這跟刺青的方法一樣？」我好奇。

「當然不同呀，粉刷用的是刷子，刺青用的是針。」他說：「以前我念的是美工科，水彩筆跟油漆刷在某些程度上是類似的東西嘛。」

就看著他的手不斷動作，我也一邊聽著，游家塈說他從小就對課本沒興趣，任何有趣的學科一旦跟分數扯上關係，他就會宣告不治，惟獨美工是從來不曾厭倦的項目，所以順理成章地就讀了美工科，那應該算是他最快樂的時期。

「不過很可惜的是，現代人愈來愈沒有欣賞繪畫的眼光跟時間，而且電腦繪圖太快了，我們這些慢工出細活的畫作就逐漸被取代了。」畫完最後一筆，小心地將牆上的邊線描好，他說：「然而眞正美的東西都是經過時間焠鍊才會顯現出來的，只有用心的人才會看得見。」

話說得很輕，簡直像是說給自己聽的，然而看著他完成的粉刷作業，再跟我先前粗製濫造的部分相比，我就懂了他的意思，因爲那簡直是天壤之別，雖然這個人好像總有些脫線，說話也常讓人覺得莫名其妙，不過認眞起來還是很不錯的。

「所以，」把刷子放下，一屁股坐在高腳椅上，也欣賞起自己的得意之作，他說：

「幫妳漆了大半夜，有什麼獎勵沒有？」

「冰啤酒？」這是我店裡現在唯一能提供的。見他點頭，我說：「不過你得自己下樓去冰箱拿，因為我也好累。」

「樓下有開燈嗎？」

「只有一盞小燈，雖然暗，但還不至於跌倒。」見他遲疑，我嘲笑：「怎麼，不敢喔？樓下沒有鬼啦。」

那原本是一句玩笑話，但沒想到躊躇了好半晌，游家塱始終不願起身，聽他語帶靦腆地說起，我才知道，原來眼前這個個頭高大、相貌堂堂的大男人，居然有過不少次撞鬼經驗，他說那是靈異體質，而我說這叫作天生倒楣。

最後迫不得已，我只好陪他起身，一起往樓下去。走在樓梯間時，忽然想起我老媽前幾天才嘮叨過的，她說即使只是咖啡店的工作，但既然要忙到三更半夜，總是應該小心點，畢竟台中的治安不算頂好，一個女人最好多注意自身安全。這話言猶在耳，然而我卻似乎始終沒有做到過。也不曉得為什麼，撇開老李他們不談，就拿走在我後面的游家塱來說，跟他認識的時間並不長，他甚至也不算客人，就只見過那麼幾次面、零星片段談過幾次話而已，但我卻覺得跟他很投緣，不但去參觀過他的工作室，這當下還跟他一道往靜闃無人的地下室走。

「妳經常一個人忙到這麼晚嗎？」點亮燈，拿了啤酒給他，從沒下來過的游家塁臉上有新鮮的表情，他只聽我說過地下室的空間甚大，一旦置身其中，這寬廣二十幾坪的大小還是讓他驚艷。

「不一定呀，這陣子裝修才會吧。」我不喝酒，只開了可樂，跟他一起站著喝，指著這裡的一片雜亂，說：「這兒要翻新的地方還很多，除了吧台桌面重漆，已經腐朽的木板要替換之外，沙發區的桌子應該換成高度適中的，而且原本這種竹製桌子太醜了，看起來好廉價，還有燈光很黯淡，最好稍微增加一點照明，然後是那邊的舞台，我想找人拆了它。」

「女孩子應該小心點，這麼晚了，安全問題要注意。」沒想到他完全沒在聽我的滿腔抱負，反而說著跟我老媽一樣的話，同時走到牆邊，對著撞球桌旁，一面預計要粉刷的白牆佇立。

「那裡應該漆成黑色，這樣比較能突顯球桌上方的燈光。」我又說出自己的見解。

「一大片黑色不顯得單調嗎？如果有其他的東西也許會更好。」他看了看，說：

「也許可以畫點什麼。」

「你要來畫嗎？」靈機一動，我說：「有興趣的話就留給你？」

笑了一下，他趕緊搖頭，說從來沒畫過這麼大面積的圖，萬一畫壞了不但貽笑大方，還砸了招牌。

「給自己一個機會呀，就像我頂這家店，不做做看怎麼知道自己行不行？」

「有機會，有機會，改天，改天。」他笑著，雖然走開了兩步，但還忍不住回頭繼續看著那面牆。

帶他逛了一圈地下室，確定這裡沒有妖魔鬼怪後，我讓他獨自繼續亂晃，自己則先上樓來，將擱在一樓，已經暫時收工的水泥漆用具稍作收拾，同時也得先將許多不小心滴落地板上的漆給刮除。就在我使勁地用指甲摳除已經乾掉的漆滴時，隱約間忽然聽到幾聲清脆的叮咚聲響，起先還以爲是錯覺，正想繼續忙，忽地又是連續幾聲，而且這次我聽清楚了聲音的來源就是地下室。

好奇心起，擱下手邊的工作，起身就往樓梯口去，果然地下室裡陸續傳來，原來是吉他的弦音。怎麼我們有吉他嗎？我自己竟然完全沒注意過？順階而下，就看見游家塁獨坐在舞台邊，他剛剛完成了調音，左手按弦，右手五指輕撥，彈出了簡單但卻舒緩的旋律，也許是生鏽得很嚴重了，弦音有些悶而沙啞，但卻完全無損於歌曲的氣氛，簡單的幾個和弦彈奏中，我聽見他哼了幾句歌詞，可惜歌詞跑得很快。這人唱歌比周杰倫還要含糊不清，隱約只有幾句能懂，他唱的是「春天的風、失去的痛、沒實現的夢，覆水難收，漫長的路，歲月裡漂泊。」

「聽起來還不錯，是什麼歌？」

「已經快忘記怎麼彈了，太久沒玩吉他，和弦跟歌詞都不太記得了。」把吉他放下，他說：「以前讀高中時參加過吉他社，還寫了不少歌，這是其中一首，叫作〈晴天的彩虹〉。」

「〈晴天的彩虹〉？」

「很美吧？雨過天青後才看得見的彩虹。」點點頭，他說。

晴天的彩虹，只有守候過雨天的人才看得見。

當老李喝得一臉酩酊，大方地願意在自己死於酒精中毒後，將遺體捐出來，泡在我們將為他訂製的酒瓶造型玻璃缸裡，並以啤酒浸泡其中，且面帶微笑作為展示之用，一番美意獲得全場人掌聲喝采，封他一個「酒鬼」封號時，他順口又提了關於裝潢的意見，這回說的是依他之見，地下室三個沙發區的桌子不妨自己動手製作，買幾塊木板，裁裁釘釘即可。雖然認識不到一個月，但我已經非常了解他的個性，明早醒來包準他會忘記自己出過些什麼餿主意，因此連帶的，當他說要找個不忙的下午，約大家一起去一趟苗栗，到已經停駛列車的舊山線鐵路，去挖些鋪在鐵軌上的碎石子，或者乾脆扛幾根枕木回來做裝潢時，我壓根兒不當是一回事。

不料過沒兩天，一個早上剛下過雨，空氣很清新的午後，就在我細心地為每一張旋轉高腳椅都上了釺車油，也將上頭的灰塵擦拭乾淨後，自己端了一碗熱騰騰的泡麵，準備權充午餐時，老李忽然闖進店裡，跟在他背後的則是咩仔。

乍見他們兩人的組合讓我有點不解，一問才知道，原來已經大四的咩仔平常根本閒得很，碰巧遇上不用趕場跑基地台的老李，兩個閒人約著就去釣蝦了。

「那，蝦呢？」

「蹲了兩個小時，屁也沒釣到。」老李「呸」的一聲，說：「再蹲下去我痔瘡就發作了。」

「所以？」吃了第一口泡麵，我問。

「前幾天不是說要去勝興車站玩嗎？所以我們去苗栗吧！」咩仔興高采烈地說。

當後來看著一臉懊惱，直呼被騙的咩仔提著一袋沉甸甸的石頭下車時，我居然只覺得好笑。老李開著他家的小貨車，載著我跟咩仔一路奔往苗栗，但這一趟前去，我們沒看見龍騰斷橋，沒看見勝興車站，居然只在路邊荒棄的鐵路旁撿了一堆石頭，外帶老李扛了兩根枕木，都還想不出辦法將鐵軌撬下來呢，天就已經黑了。

「根本就是去做苦力的嘛！哪裡有出去玩的樣子？」揉揉肩膀，咩仔埋怨著。

「總有機會的，總有機會的。」笑著，我只能這樣安慰她。

將那堆暫時還沒想到該怎麼運用佈置的石頭跟木頭先擱一邊，我坐在店門口，看著在苗栗拍回來的照片。一路走的都是省道，老李簡直把貨車當成跑車在開，顛得我跟咩仔心驚膽顫，不過遇到我中意的風景時，每每也都勒令他停車讓我照相。

不知怎地，看著那些照片時，我忽然想到游家璺，他是怎麼在腦海裡憑空構思出那些動人的圖案的？在我舉起數位相機，眼睛盯著觀景窗時，腦海裡常常飄過游家璺的工作室裡那些構圖很漂亮的照片，在拍下那些圖像時，游家璺是否也曾像我一樣，有讓旁人等得不耐煩的猶豫？老李的車上沒有音響，因此我沿途不斷輕哼著的，也都是游家璺那天晚上隨手彈的那首只存片段的〈晴天的彩虹〉。

一首多年前的舊曲子，後面是不是有一段多年前塵封的故事？我忽然很想知道更多關於他的過去，不過想想似乎也不太合宜，畢竟我好像沒有什麼資格去挖別人的背景。以前在台北念書或工作，接觸的大多跟出版或媒體有關，鮮少能夠碰到完全不同領域的人，回到台中後，才覺得世界原來很大。過去總以爲五光十色的台北就已經包含了世界的一切了，哪知道回來後反而接觸的層面更廣。是不是因爲這緣故，我才對游家璺產生了興趣呢？可是仔細想想又不對，這裡還有老李、油頭叔跟雷龍他們這一掛，我就對他們興致缺缺。

「晚上不開店啦？還這麼悠閒在這裡發呆？」莊太太的聲音打斷我的思緒，她悠哉地踱過來，問是不是裝修完成了，見我搖頭，她又問我在敲敲打打之前有沒有先拜拜，「這個很重要喔，一定要先拜拜之後才可以開工喔。」

「沒有會怎樣？」我愣了一下，確實沒做這動作。

「人家都說要先拜地基主呀，就是這個建築物裡面的神，這樣祂才會保佑妳在這裡順順利利。不要不信邪喔，我以前就是鐵齒慣了，所以百無禁忌，那時候很常卡到陰，還因爲這樣小產過好幾次呢！」莊太太又開始口沫橫飛地敘述起她早年奮鬥的故事，從那些二十年前的往事一路說到現在，最後她給了我一堆建議，叫我有空趕快拜拜。

是應該寧可信其有嗎？去了一趟木材行，訂了一堆材料後，眼見得還有點時間，我打電話給游家塁，今天又沒刺青客人的他正窮極無聊，當下被我叫出來，陪著一起到台中市忠孝路去吃蒸餃。

「你相不相信鬼神這種東西？」停紅綠燈時，坐在後座的我開口詢問。

「信呀，刺青師通常都會相信吧。」他說這跟職業有關，有些人會選擇一些神佛或鬼怪的圖樣作爲刺青時的選擇，通常刺青師在刺這些圖案時都不開光，也就是眼睛留白，據說那是因爲一旦開了光，這幅圖畫就有了靈性，神怪容易降臨，而倘若被刺青者的命不夠「硬」，可能會承擔不起這種與神鬼共存於一身的壓力。

「這麼神奇？」我懷疑。

「寧可信其有嘛。」他聳肩一笑，說：「舉頭三尺有神明，當然要敬天畏地呀。」

「所以你是個好人，諸善奉行，諸惡莫作？」

「妳知道一百公尺外就有陸橋，但十字路口完全沒車，這種情況下妳會不會違規直接穿越馬路？」他又聳肩：「智障才會真的去爬陸橋。」

「說了半天，原來都是廢話！」我啐了一口。

那是一家很普通的路邊攤，就跟林立的攤販們並列在忠孝路的夜市上，不過它卻已經有了十幾年歷史，還記得很小的時候，老爸經常帶我來光顧。點了蒸餃，我問游家塁，有沒有那首〈晴天的彩虹〉的譜。

「妳會樂器嗎？不會的話要譜有什麼用？」也不知道是吃蒸餃沾蒜泥醬油，還是吃蒜泥醬油配蒸餃，他把一坨已經看不見白色蒸餃皮的食物往嘴裡送，說話時立刻衝出陣陣大蒜味。

「說不定哪天我學會了，這種事也不無可能。」我說如果真學會了，搞不好店裡的舞台就不拆了，以後我自己上去唱。

「妳看過一場表演，從頭到尾都只唱同一首歌的嗎？這種表演會被客人砸店吧？」他非常瞧不起我，還說：「我看妳頂多是在馬桶上一邊大便一邊唱就可以了。」

「你娘的！」氣得我一腳踢過去，最後總算逼得他點頭答應，回去會想辦法把那首歌的完整曲譜找出來，不過這個窮人卻也開出一個附帶條件，要我又請他一瓶啤酒。

「老實說，我們店裡的消費不貴，你應該喝得起。」我說。

「不管多便宜都不會比免費啤酒好喝。」而他則這樣回答。

迫於無奈，我只好接受這個條件，吃完蒸餃，開店時間也近了，我們一路騎回店門口，正想說這又是日復一日的一天，今晚多了游家塁早早來幫忙，應該可以趕快佈置那個鐵路場景，結果店門才剛打開，門口就進來一個老頭。

「老闆呢？老闆在不在？」帶著外省腔，掛著金絲眼鏡，看起來就一副刻薄樣的老頭劈頭就要找老闆。而我剛應聲而已，他就伸出手來朝我要錢。

「什麼錢？」

「房租呀，以前是一個月一萬二。不過換了新老闆，契約也要重打，我要調高租金到一萬八，照舊是兩個月收一次。另外還有垃圾清潔費、網路費，總共是四萬五。如果你們要收看有線電視，就要另外付費。」

「四萬五！」我大吃一驚，沒想到耳聞許久的房東果然非比尋常，一出手就是大絕招，讓我頓時不知如何是好。「我們不看有線電視，也不需要電腦網路。」我說，反正店裡播放的一向都是咔仔帶來的影片，這裡也沒有電腦，要網路無用。

「那好，可以扣掉，不過店租不能再拖了，妳今天就要給我。」他完全不管這時間哪裡還領得到這麼一大筆錢，朝我走近一步，一樣伸著手。

「好呀，錢我們現在付，但是你得開張發票來，不過加租免談，這個之前毫無預警，不能說加就加。」結果卻是游家塱迎上前去，擋在我跟房東之間。

「我還沒跟你們算維修費呢！你們在這裡裝潢那麼多東西，敲敲打打地把我地磚、牆壁鑿了那麼多洞。」房東也不是省油的燈，立刻追擊。

「這不關我們的事，要算你找前幾任老闆算去。」游家塱臉一拉，凶煞之氣立顯，果然讓房東退了一步，問起前任老闆何在。

「黑龍江！」我在後面插了一句，不過不曉得爲什麼，我覺得這答案眞他娘的荒謬至極，最好如莊太太所說，有人跑路跑到黑龍江去了。

「還有問題嗎？」游家塱故意拉起他左邊的衣袖，像是在搔癢似的，但我看得出來，他顯然是在秀手上那滿佈的紋身花色。這一招瞬間奏效，房東終於不敢再進逼，當下氣勢整個消軟，只能問游家塱是這裡的什麼人。

「她老公，夠不夠資格替她講話？」胸口一拍，滿臉驕傲而睥睨的神色，游家塱非常囂張地說。房東聽得差點腿軟，他大概以為我是個好欺負的弱女子，但卻沒想到有個看來這麼凶惡的「老公」。

「是呀，我老公。」於是我跟著演下去，不過這話一出口，我立刻就後悔了，因為話才說完，就看見老李跟㖠仔提了一袋蝦子正要走進來，他們也滿臉都是驚駭的表情。

天上掉一個老公下來，也不賴。

13

「所以其實妳已經結婚了？」一整晚，每個人問的幾乎都是同一個問題，差別頂多只是問法稍顯不同，有些人比較直接，有些則含蓄一點而已。分說到後來，我已經懶得一一解釋，最後能回答的只剩下簡單的一句話：「不，這些都是誤會。」

然而這種答案是沒有用的，因爲不管我說什麼，旁邊的酒鬼老李都可以替我瞎鬼扯出一堆他天馬行空的背後原因，諸如一個耳聞這消息而開始探聽的學生客人問起我的感情狀況時，老李是這麼說的：「這也不是阿醜的錯啦，她那個男朋友就是缺少一份正當職業嘛，所以兩個人以前在台北就處不來，後來阿醜不是就回來了？本來以爲這樣分手也就算了，但是這男的不死心呀，所以才又追到台中來。」

「所以他們在台北就結過婚了？」另一位在旁邊聽故事的客人也產生了興趣，他的注意力從高掛牆上的電視那邊轉過來。

「應該沒有正式的儀式，畢竟如果有法律約束力的話，是不太可能這樣分隔兩地的，那簡直就像逃婚嘛，對不對？所以恐怕兩個人只有當初熱戀時的一個約定，就這麼老公、老婆地稱呼對方囉。」

「那他們會復合嗎？」更遠一點，兩個原本相偕而來，坐在角落邊竊竊私語的小女生居然也加入了。

「這就難講了，愛情是非常奧妙的，妳們想想，這麼無形的東西，卻能夠相隔幾百公里卻還牽絆住對方，那不是很神奇嗎？所以誰又能預測得到後來的發展呢？」老李喝了一口啤酒，說得好像他是兩性專家，在場那些認識他的人似乎也忘了這傢伙其實離過婚，在婚姻事業上，算是個非常典型的輸家，還全都聽得津津有味。「依我看哪，他們應該是會復合的，畢竟今天這個男的也不錯，該挺身而出時也十足像個男人，算是很有當家做主的擔當了。」

坐在旁邊，我忽然彷彿置身清朝時代，人就在北京城天橋下的茶館子裡，老李就是那個說書的。

說也奇怪，我這個當事人明明就在現場，爲什麼這些不相干的聽眾寧可去聽他天花亂墜，也不肯相信我說的眞相？

「看來事情超乎我們想像喔。」正當我苦笑不已時，油頭叔踅了過來，沒坐下，他雙肘靠在吧台上，就這麼站著跟我說話，眼睛也看向老李那邊。

「簡直是讓人哭笑不得。」我說的是眞心話。

「看開點，這種事本來就紙包不住火的嘛。」油頭叔說：「而且這種小店哪，最重要的就是老闆的個人魅力，況且妳還是個剛上任的，大家的注意力本來就都會集中在妳身上呀。」

我忽然覺得是不是連他都誤會了，正想再解釋，沒想到他居然又說了：「不過說眞的，結婚嘛，也不是什麼見不得人的事，對不對？像我，我就巴不得趕快結婚。所以妳應該更大方一點呀。還有，妳也應該叫妳老公常來店裡，這樣大家才會熟嘛。」

「我沒有叫他不要來呀……」這話一說我就知道自己又說錯了，但事實上我確實沒有不讓游家塁來，是他自己說沒錢，而且今天擺平房東後，他的客人也打電話來，結果根本沒機會跟大家說明狀況，這人就趕著回去開工了。

「但是妳也應該多鼓勵他呀，對不對？」油頭叔還熱心地說著，可是我嘆了一口長氣，看看跟我一樣無奈的咩仔，我決定閉上嘴巴，反正愈描愈黑，至少還有同是女人的咩仔願意相信，這樣就夠了。

同樣是爲自己辯解，這場發生在店裡的荒唐緋聞可以不當它是一回事，但另一邊可就不成了，裝修正在如火如荼地進行著，一切都為了預定在兩星期後的重新開張派對做準備，店裡有太多需要翻新的東西，甚至連酒譜也在重製。

雖然我是老闆，不必時時刻刻都親自進吧台忙東忙西，只需要把每個客人照顧好就好，然而好歹也應該多了解自己店內的商品，知道每一樣東西的調製方式跟原料配方的放置所在。

咩仔幫我設計了一套訓練計畫，儼然她才是老闆似的，在沒客人要忙招呼時，就由她站在旁邊指導，看著我調酒。

「跟妳講過很多次了，酒譜拿低一點啦，怕別人不知道妳是菜鳥嗎？」見我還高舉著酒譜在眼前翻，她不禁嘲笑。

「這字那麼小，紙又那麼破爛，不拿高怎麼看？」我抗議。

「妳可以低頭看呀！」她還特地買了一支「愛的小手」，颼颼地甩了一下，嚇得我趕緊放下酒譜，低頭瞪眼仔細看。

「手不要抖，穩著點，」見我緊張，她又揮了一下小手，「酒瓶也要放低，拿那麼高做什麼？表現出一點專業形象好不好！專業一點，再專業一點，拜託！」

我後來終於眞的了解，原來每當一大群客人進來，還都點調酒時，咩仔到底有多厲害，每回總見她神閒氣定，揮灑自如，要不了幾分鐘時間，就是滿滿一托盤，每一杯都很漂亮的調酒往樓下送，然而眞正輪到我時，花了快五分鐘，我還調不出一杯像樣的東西，甚至連檸檬汁跟萊姆汁都常常分辨不清楚。

「爲什麼有時候妳連酒譜都不用翻？」我問。

「因爲這裡有大概三分之一的調酒都是我發明的，而且如果妳幾乎每天做的都是一樣的工作，連續做個兩三年，這種事妳閉著眼睛也能搞定。」很瀟灑地聳了一下肩膀，她說。

「眞的嗎？我怎麼不覺得？」

「我說眞的，阿醜，」拍拍我肩膀，她用前輩的語氣對我說：「這種事情其實是很講天分的。」

不讓她稱呼我爲「老闆」，那感覺非常生硬，所以大家總愛以綽號相稱，我們常常就像朋友、姊妹一樣相處，只要工作表現沒問題，平常也不需要分得那麼清楚，咩仔買到好看的眼影會帶來借我，我發現好用的睫毛膏也會推薦給她。

經營著音樂工作室，手底下也有幾名工讀生的雷龍曾問過我：「這樣好嗎？老闆不像老闆，員工不像員工的？」

「還好。」我是這麼回答他的：「儘管我們的實際關係是老闆跟員工，但事實上其實是學姊跟學妹，不是嗎？」

我擺不出老闆的架子，但哞仔也一樣謹守該有的分際，只在每個我需要的時候提出建議跟說明，這樣的關係沒有什麼不妥之處，惟獨就是那本破破爛爛的酒譜，我非常有意見。

也是活該有事，就在那場讓人百口莫辯的「老公事件」後兩天，我帶著酒譜回家，原本打算研究清楚後重寫一本，沒想到坐在客廳沙發上翻著翻著就睡著了。朦朧中做了個夢，夢裡的我還在出版社上班，那個窮凶惡極的主編又對我挑三揀四，不斷嘮叨，一副尖酸刻薄的嘴臉讓人生厭，而果然夢境與現實是相反的，現實中的我唯唯諾諾，大氣不敢吐一口，但夢裡我卻憤怒地扯下別在胸前的名牌，喊聲「老娘不幹了」，就這樣重重地將名牌摔在桌上。

不過很奇怪，塑膠印製的名牌摔下去時怎麼會發出「砰」的聲響？一個岔出去的念頭讓我睜開眼睛，那瞬間，剛剛夢中的氣勢全沒了，只見我老爸站在眼前，臉色非常嚴厲，剛剛那個「砰」的一響原來是他公事包在桌上一頓的聲音，而他的手上現在所拿的，赫然就是我的酒譜。

「妳那是哪門子的咖啡館？賣的這是什麼東西？」把酒譜丟給我，他翻的是一杯讓我調得要死還非常難喝的「長島冰茶」，目前堪稱本店的招牌調酒之一。

人活著總有解釋不完的事情，是吧？

14

知道「長島冰茶」不是茶，而是一種相當常見也非常濃烈的調酒，那表示我老爸一定去過類似的地方，甚至可能自己都喝過這玩意兒。我很想跟他說，別這麼大驚小怪，跟哞仔的許多創意發明相比，長島在我們那兒已經是過時的東西，不過在更久以前，這款調酒也曾經是招牌，因為我們還有獨特的配方，讓它變得比別家更好喝。

這種話當然不能真的說出口，他老人家可能會心臟病發。我只能說是店裡為了因應需要，也提供一些常見的調酒，不過賣的主要還是咖啡，畢竟我們是家咖啡館。這些話說來需得拿捏好分寸，既不能太過誇張怪誕，但也不能毫無憑據，總得講得煞有其事不可，我說：「現在的咖啡館如果只賣咖啡，那樣會很難生存，做生意本來就要多元化，所有可能具有商業價值的商品都應該多參考看看，所以我們不但會賣點調酒，還有一系列的花茶，之後甚至可能也供餐。」

「咖啡館在哪裡？改天我去看看。」不過見多識廣的老爸壓根兒就不怎麼相信我的話。

「你又不喝咖啡，來有什麼用！」

「去看看也不行嗎？不是說也賣茶？我去喝杯茶行不行？妳那小本子裡面全都是酒，以爲我看不出來？」

「我們那邊賣的是花茶，玫瑰花茶之類的，不是你喝的那種高山茶啦！」莫可奈何，我只好胡謅，說酒譜是借來當參考用的。他「哼」了一聲，又問跟誰借的。「我有朋友在酒吧上班，借來看看而已嘛。」我大聲辯白。

「莫名其妙！」見我理直氣壯，他雖然找不到其他話說，提了公事包就往裡走，但嘴上還念念有詞：「在台北好好的工作不做，跑回台中來遊手好閒，淨交些不知道什麼牛鬼蛇神當朋友！賣些亂七八糟的玩意兒！」

吐了一口氣，心裡直呼好險，沒想到老爸不聲不響就回到台灣了，也虧得我在店裡跟那些老男人們成天嚼舌，慢慢練出了一些應對進退的本事，否則若是以前的我，恐怕不用三言兩語就讓我爸逼得招供了。正所謂君子不立於危牆之下，雖然僥倖過關，但我最好還是趕快收拾收拾出門去，以免待會兒他想到什麼又來囉唆，難免會露出馬腳。

約好的時間，木材行送來一堆板材跟木條，這些全都是要做新裝潢用的東西，看著工人將板子搬下貨車，隔壁莊太太好奇地在一旁看熱鬧，還以爲這裡要大肆裝修。

「怎麼可能，」我笑著說：「只是釘幾張桌子而已。」

「妳自己釘嗎？」

「妳覺得像嗎？」我嘿嘿一笑，拿出手機，打了一通電話。

按照據說當年曾經參與這家店裡很多裝修工作的油頭叔的說法，只要是木製的東西都可以自己完成，不需要另外添購。施工前先規畫好尺寸，設計出自己的施工藍圖即可。不過說的永遠比做的簡單，當游家璺辛辛苦苦將那堆木材一一扛下樓，還要我幫忙時，這一切的苦難才剛剛要開始。

樓下沙發區原本用的是看來就很廉價，大概只有海產店才會擺放的竹製矮桌子，其高低跟沙發根本不成比例，已經有不少客人反應過。所以我特地量好了新桌子的高度，也畫了非常簡單的草圖，還預先準備好了器械。

「捲尺、鋸子、榔頭、鐵釘，該有的都有了。」我一一展示出來。

「榔頭跟鐵釘？妳打算一根根釘子釘到什麼時候？釘到兩岸統一那天都釘不完。」他不屑一顧，卻從自己的包包裡拿出一把電鑽跟螺絲釘來：「看清楚，這才是專業人士的工具。」

他還說若非倉卒不及備辦，否則原本是連電鋸都借得到的，依據草圖上的尺寸接連鋸下幾塊木板，游家塱拿出他自備的手套跟砂紙，叫我戴上後，將這些木板的碎邊給磨平整。

「非得戴手套嗎？」嫌它看來很髒，我皺眉。

「以妳的程度，最好還是戴上。」他看都沒看我一眼，依舊賣力地前後拉動那把鋸子，就看著木屑紛飛，而他的汗水一滴滴流下，板子正在逐漸被鋸開。

我的程度很差嗎？這陣子以來，我都覺得自己的本事算不錯了，可惜磨砂機已經還給油漆行，不然應該可以做得更有效率些。然而不戴手套地磨了幾下，果然我的手掌就被木板碎邊給刮傷，還流了幾滴血。

「看吧，看吧。」他拿張衛生紙遞過來，還不忘笑著說了句：「笨死了。」

花了快一天的時間，總算做完三張桌子，還順便多鋸了幾片木板，游家塱將吧台原本腐朽的部分拆下，重新更換。休息時我買來便當，一面吃著，也聊起了我爸。

「就讓他知道會怎樣？開酒吧也算正當職業，不偷不搶，收入可能不夠多，但總比我這種個體戶好吧？」他說。

「對他們那種當大老闆的人而言，一個月賺個三五萬都算少，這點錢他帶客戶上一趟酒店只怕都不夠。」我搖頭：「而且在他的觀念裡，酒吧也不算什麼正經的地方吧。」

「一個曾上酒店的人卻覺得酒吧不正經？妳有沒有覺得這邏輯怪怪的？」

「如果今天是你女兒，你會接受她是酒吧老闆的事實嗎？況且，就像你相信鬼神存在，但卻經常違背道德良心，違規穿越馬路一樣，這有什麼好奇怪的？」我說得他一時語塞，只好苦笑繼續吃飯。

「但這樣下去終究不是辦法，他遲早要知道的，對吧？」又扒了幾口飯，他想到什麼似的，忽然又說。

「雖然說謊跟隱瞞都不是好方法，但現在就只能走一步算一步囉。貸款都貸了，店也頂了，連裝潢都做了這許多了，難道現在要打退堂鼓？」我只能這樣想，吃著飯，看看滿地凌亂的木屑，我說：「先把眼前的事做好再說吧，其他的以後再慢慢想。」

開店前先讓哞仔去清掃地下室的木屑，游家塁抱著吉他上樓，他連新的吉他弦都買好了，換上，也略調了音，就在店門口的椅子上彈了起來。

「譜呢?」我問。

微笑著從口袋裡掏出一張皺巴巴的筆記紙,上頭是他很潦草的字跡,還有一堆我看不懂的和弦符號。

「就這個?鬼才看得懂你寫什麼。」我皺眉。

「歌是用來聽的,不是用來看的。」他說,然後輕撥著弦,就這麼唱了起來。對照那雜亂的歌詞,這次我聽得眞切了,歌是這麼唱的——

你想要的,是一個晴天嗎?還是要紅色的花,填滿你崎嶇的傷。
誰是誰的依靠,依靠在誰的胸膛?

春天的風、失去的痛、沒實現的夢,
覆水難收,漫長的路,歲月裡漂泊。
我的心,融化在雨水裡,落在灰色世界,還有你的眼睛。

心有多痛、傷有多重、愛有多濃,

天涯海角，畫道彩虹，能不能相逢？
妳的心，融化在雨水裡，落在我的世界，還有我的夢裡，
我愛你。

很好聽，但歌詞原來跟歌名沒啥關係。

或許電流觸動時天地間反而墮入黑暗深淵裡，
但這回有我六弦琴音指引如星光遙掛。
那朦朧中似是生命的出口，走著，你我。
那幻夢中的晴天彩虹與許堪描堪畫，
我卻鍾愛你聳肩時一個最淺的微笑表情。

15

「做得還習慣嗎？很少看到女孩子這麼有企圖心的。」沿著柳川堤岸邊閒走，距離店已經有些遠了，然而腳步一往前，話匣子一開，停不下來地就這麼經過一個又一個路口。游家塁原來不是只在粉刷後才喝牛奶，除了偶爾跟我敲詐幾瓶免費啤酒外，他最愛的飲料就是鮮奶。這種東西除非必要，否則我絕對提不起興趣，當他在便利商店的冰箱前問我要不要也來一瓶時，我趕緊搖頭。

「就算我說不習慣又能怎樣呢？也騎虎難下了吧？」苦笑，我說：「不過還算幸運，店裡的老客人們都挺支持的，雖然每次說要幫忙，這些人往往只有嘴皮子動動，但是至少經營方面，大家都還挺熱中的。」我說的是事實，店裡偶有外國客人，向來都讓外語能力極佳的油頭叔去招呼，有些江湖味很重的客人則讓酒鬼老李搞定，反正他看起來也很像壞人，至於一些玩音樂的，當然就是雷龍去擺平了，他們不需要多說話，一夥人下樓，吉他一彈，那組破爛的爵士鼓一敲，然後就什麼都搞定了。多虧了這些人的幫忙，才能讓從來沒有開店經驗的我省下不少與人交際的力氣。

「爲什麼他們會願意幫妳？」

「這問題一開始我也想過，後來倒是油頭叔給了我答案。」我想起一個不算太久前的週日午後，那時地下室吧台的油漆工程還在進行中，被松香水熏得幾乎中毒的我逃到一樓門口呼吸新鮮空氣時，碰巧遇見假日午後出門慢跑的油頭叔。知道我在施工，他雖然沒來幫忙，但卻拍拍我肩膀，叫我好好努力，因爲這家店有太多他們的回憶，好不容易盼到了一個新老闆，只希望它能夠繼續長久地經營下去。

「雖然背負著一群人的心願往前走是很累人的，但那種滿足感與成就感卻也是無以取代的。看著每個客人在店裡如魚得水、悠遊自在，我就會覺得很開心。」我說。走著走著，想起了什麼似的，我忽然問：「那你呢？你又爲什麼會來幫忙？」

「這個……」沒想到我會反問，游家塁一愣，想了想，才說：「沒事幹就幫幫忙囉，又不是什麼太困難的工作，不是嗎？反正我沒客人的話，窩在工作室也是看影片或發呆，再不然就是回家睡覺而已。」

「就這樣？」

「不然呢？我又不算是你們店裡的客人，對那裡也沒有什麼特別的回憶，不帶有像他們那樣的歷史包袱呀。」他聳肩，笑著說：「或者如果我說我是因爲妳，這樣的理由會比較有說服力一點？」

「屁，少來！」盧踢一腳，他閃得倒很快。

只是，如果那個爛理由是眞的呢？我必須承認自己在那一瞬間有著心動一下的感覺。確實，想不太出來游家塁需要幫這麼多忙的理由，如果說眞的純粹只爲了打發時間，他應該還有更多事情可以做，絕對沒有必要只爲了幾瓶免費啤酒而這麼辛苦。然而，要說他有什麼企圖，這又沒有憑據，畢竟他可從來沒有明示或暗示過些什麼，而且我曾不只一次地觀察他在店裡刷油漆或鋸木板時的模樣，在整個過程中，游家塁都很認眞投入，那副樂在其中的模樣，有時還讓我錯以爲他是在爲自己的店面裝修。

這些腦海裡的胡思亂想沒有結果，倒是一個很平常的夜晚，店裡卻多了很不尋常的人物。登了幾天廣告，終於有新工讀生來應徵，是個長相甜美的女孩，今年才大三而已。按照油頭叔他們的建議，我訂了幾個徵才標準，第一個就是容貌與個性。儘管這兩者幾乎都是天生的，但非常現實的，這卻是酒吧員工的首要標準，無論我怎麼不認同，可是店裡每個宅男都跟我強調此一特點的重要性。

「妳辛辛苦苦工作整天，晚上出來喝一杯，想要休閒一下，難道會希望看見吧台裡站著的是個科幻角色嗎？」油頭叔舉例說明。

不過更現實的還在後頭，那個小名叫「阿梅」的新工讀生，面對著眼花撩亂的店內工作細節時，顯得非常茫然，整個呆掉的表情，就像之前我剛開始接觸吧台工作時一樣。唷仔一一介紹後，帶著她往地下室去，逐步認識店裡的每個環節。本來大家都跟我一起坐在一樓吧台聊天的，沒想到這兩個女孩一下去，第一個屁股離席的就是雷龍，他藉口要上廁所，但卻端著酒瓶下樓，然後則是撞球技術一級爛的油頭叔說今晚非常想打球，拉著老李就跟著也下去了。

「要不要這麼現實呀！」我大叫，這些男人喜新厭舊的速度未免太驚人了！當老闆還不到一個多月時間，他們看我就看膩啦？

「反正無利可圖嘛，看有什麼用？對吧？」在旁邊讀著自己的小說的游家塁嘿嘿一笑。

「圖個屁！」我可從來都沒說過不接受這裡任何一個男人對我的好意，反正待價而沽也沒什麼不對，但這些男人卻從來沒把我放在眼裡，眼前這狀況就是最好的證明。

我沒有繼續追問游家塁沒跟著下樓的原因，因爲腦海裡想著的，還是幾天前在柳川堤岸邊，他笑著對我說的話。

那晚我們從店裡的工作，一路聊到以前台北的生活，還有對未來的想法。游家塁其實不對自己的人生做太多規畫，他總說沒有眞正的一技之長，有時候連個確切的方向都找不到，只能走一步算一步。不過我倒認爲那是他太過於妄自菲薄，因爲無論是那首很多年前的〈晴天的彩虹〉，或者他刺青工作室裡一張張的攝影照片跟刺青圖案設計，我都覺得這個人滿滿的一堆才華，他唯一缺少的應該只是機會跟自信。

「你那邊的照片有沒有電子檔？」坐在椅子上，我忽然靈機一動。

「當然有，都存在電腦裡頭，幹嘛？」

「給我一份。」我說。

想想自己還挺寂寞的，除了家人，我只剩下店裡認識的朋友。在書店閒晃，到處找些室內裝潢設計的書籍作爲參考，看了一堆後，發現自己沒其他朋友可以商量，而更糟糕的是，當我想談個戀愛時，也沒個人可以幫我鑑定鑑定，不曉得那個隱約而模糊的對象，是不是我應該追逐的方向。這大概是現代人最可悲的地方，學校、家庭裡學到的全是學問專長或做人做事的道理，卻沒人告訴我們該怎樣挑男朋友。

游家塁將他拍攝的一堆風景照片通通燒進了光碟片，我從中挑了幾張後，拿到照相館去沖洗，之後則懷著一直擺脫不掉的鬱悶心情回到店門口，大白天的，也不是無事可做，就覺得全身懶洋洋，提不起勁來。鐵門打開時，隔壁的莊太太忽然聞聲跑了出來，問了一個怪問題。

「妳這裡有沒有申請營業執照？」

「那是幹嘛用的？」我還一頭霧水。

「開店的執照呀。」

「開店還需要執照嗎？」我呆了一下，錯以為是某種類似技術士的檢定執照，然而莊太太告訴我，那是登記在政府機關的營業許可，也就是說，沒有營業執照的商家，都是可以取締的。

「取締什麼？」

「逃漏稅啦、消防的公共安全啦、食品飲料的衛生啦，這些都是檢查範圍呀。」她說今天上午稅捐處的人員跟幾個地方管區的警察來拜訪過，雖然是例行性的檢查，但也問起了隔壁的我們。

「那完了，我根本沒有這種東西。」我咋舌，沒想到弄個小店玩玩還需要什麼鬼執照，而且莊太太說目前台灣可沒有酒吧的營業執照，勉強只能申請小吃店或冰果室之類的。「冰果室？最好是台灣還有冰果室啦！」聽著，我忍不住大叫。

「那怎麼辦？我還跟他們說妳下午可能會在，他們決定再過來找妳，看這時間應該搞不好待會就到。」

「這下慘了。」我也不禁愁眉苦臉。

從沒想過會有這種狀況，走進店裡，先撥了電話到處搬救兵，雖然莊太太說她會想想辦法，看能否應付過去，但至少我得先了解自己可能觸犯哪些法規。第一個聯絡的是游家塈，然而手機接通，他正忙著幫客人刺青；本來應該很閒的老李電話沒開機；應該在音樂工作室裡上網的雷龍跟我說他現在人在往台北的高鐵上；最後我只能找到油頭叔，稍等片刻，他說：「根據法規，店門口的大門應該要有兩公尺寬。」

「兩公尺？」我在電話這邊鬼叫：「我乾脆把門拆掉算了！不然誰家的門會有兩公尺寬呀？」

「為了避免火災，吧台不可以是木製的，不過如果有塗防火漆的話，則能夠另外檢查確定是否合格。」他又說。

「不用木頭的？不然難道我要用塑膠的嗎？」我說：「這是什麼爛規定？誰知道這吧台以前塗的是不是防火漆呀？」

「滅火器跟逃生出口要有標示，至少得有前後兩個以上的出口。這些都屬於消防安全的範圍，不符合規定者要開罰單，一張的價錢是……」油頭叔應該是對著電腦螢幕在數數字吧，他說：「我看看喔，一、二、三、四、五，五個零，所以罰單一張是六萬。」

「我看我直接關門大吉算了，他娘的！」我連激動的力氣都沒了。

「怎麼，有人要來檢查嗎？」他問我如果付不出罰單怎麼辦。

「看那個稽查員或警察帥不帥，帥的話我看我陪他們睡一覺，看能不能抵帳好了，幹。」萬念俱灰的，我掛了電話。

這年頭什麼都要執照，還好戀愛不必。

16

有句話是這麼說的：「福無雙至，禍不單行。」一直等到晚上九點過後，都沒看見什麼稅捐處的人前來，附近的管區員警也沒出現，啐仔跟阿梅完成開店準備工作，我正在暗自慶幸，沒想到店的營業招牌燈一打開，走進來的不是客人，不是什麼公家機關的人員，卻是兩個看起來就很欠揍的毛頭小子，他們都穿著七分褲跟夾腳拖，也都染了顏色很醜的頭髮，一進來就問我誰是老闆。

「你們這種店有沒有營業執照？」左邊那個小眼睛的混混端詳了一下店內的擺設，又看看啐仔跟阿梅，再朝我打量一番後，既沒點任何飲料，也沒找座位坐下，他不像稅捐處的職員，但卻問起執照。

「關你什麼事？」我原本就不喜歡這種客人，這當下也沒打算拿他們當客人看待。警戒心立即升起。

「沒有執照的店很危險喔，要是發生火災怎麼辦？」小眼睛跟他旁邊那個掛了滿脖子項鍊的混混說，項鍊男點點頭，跟著答腔：「如果沒有登記營業，那警察可能就不知道這裡有一家酒吧，要是有人在這裡鬧事衝突，警察通常也不管，反正沒他們的事。」

「如果發生這種狀況怎麼辦？」笑得很賊，那個小眼睛混混看著我，說：「你們應該也沒有買保險吧？」

「哪一種保險？」不想在哖仔跟阿梅面前出糗，我硬撐起自己的氣勢，說：「癌症險還是第三責任險？火災險還是地震險？我很好，不需要另外買保險。」

「哎唷，小姐很愛開玩笑喔！」又是一陣怪笑，項鍊男講話的音調很高，聽著讓人非常不舒服，他看看店裡，對我說：「這裡很多東西都應該買保險呀，木頭的很容易著火，電視掛那麼高，掉下來也會砸壞，對不對？」

「所以呢？不必東拉西扯，反正你們就是想收保護費，對吧？」我聽著其實有點害怕，但仍然硬著頭皮說話：「這裡是做生意的地方，而且只有小本生意，沒有多餘的閒錢給你們，要勒索請到其他地方去，台中市有很多比我們賺錢的酒吧或夜店。」

「他們會賺錢就是因為有買保險呀。」項鍊男說：「我們賣了保險，當然也要幫忙捧捧場，大家都是在做生意嘛，對不對？妳這邊也一樣，只要平平安安的，大家都會喜歡這裡，我們也會幫妳介紹客人，不是很好嗎？」

「好個屁！」我哼了一聲：「你們想進來花錢，我還不見得想賺，給我滾！」

這話一出，立刻激怒了那個小眼睛，他一把將我門口書報架上的雜誌掃落在地，恐嚇道：「擺什麼架子？活得不耐煩啦？知不知道自己在跟誰說話？妳他媽的搞不清楚狀況，小心自己的下場！」

我當然知道這種小混混在想什麼，不過就是要要威風，騙幾個小錢而已，真正的大幫派對我們這樣的店家怎麼會有興趣？雖然一點錢可以消災，但這種事只要有了一個開頭，以後一定會被他們得寸進尺，屆時才眞的是沒完沒了。然而這當下我該怎麼辦呢？這兩個人身上雖然未必帶有武器，但他們如果在這兒搗蛋，別說嚇跑了客人，只怕店裡的擺設都會像那幾本雜誌一樣給摔在地上，爛成一團。就在我腦袋急轉，努力想找個擺脫他倆的對策時，門口忽然又打開，進來一個龐大的身軀。

「大家好！」用非常開心的語調，臉上是充滿喜感的表情，跟他外表的形象完全不搭，雷龍手上還拿著鼓棒，就這麼又唱又跳地進門來，不過才剛踏入，他就愣了一下，因爲看見我跟兩個小混混間劍拔弩張的狀況。

「怎麼了？」他好奇地問我。

「這兩個王八蛋想收保護費。」我一見機不可失，立刻告狀。

而就在這瞬間，只見原本還笑呵呵，像彌勒佛一樣溫和可愛的雷龍忽然整張臉一刷，兩眼一瞪，頓時就是張飛上了身，連他的絡腮鬍都戟張起來。

「什麼保護費？誰保護誰？」洪亮的聲音一喝，如電的目光瞪向那兩個混混，雷龍滿口輕蔑，說：「你們兩個是什麼東西，敢來收保護費？」

項鍊男也不甘示弱，立刻嗆聲：「胖子，你想幫人出頭是不是？」

結果這話不說還好，雷龍一聽，手上鼓棒在金屬製的書報架重重一敲，發出「噹」的一聲大響，全場人都嚇了一大跳，那居然是金屬做的鼓棒。

「我出頭的時候就是你們沒有頭的時候！」他鼓棒高高揚起，一聲斷喝：「再不滾就躺著出去！」

這一下威嚇效果十足，就看著兩個小鬼夾著尾巴急忙竄了出去，方才的耀武揚威全都沒了。而雷龍一聲喝過，看著群邪辟易後，臉上凶狠的表情也跟著消退，居然很虛地對我說：「給我一杯水，我喊得太大聲，喉嚨好痛喔。」

接下來的這一整晚，大夥全都笑開了，我們壓根兒忘了要討論該如何處理營業執照的問題，每個人津津樂道的，全都是雷龍今天的激情演出，每個熟人進來，聽說這個消息，都要他現場模擬再演一遍。

「再演下去我就要倒嗓了啦！」演到後來他已經聲音沙啞了。

「沒關係，我買枇杷膏給你補喉嚨，乖，再來一次！」大笑著，我說。

一群人就這麼胡鬧到凌晨，雷龍真的啞了嗓子回去，我們也幾乎笑岔了氣，好不容易挨到深夜，眼見得客人已經走得差不多了，游家塱這才姍姍來遲，一進門就抱怨他今天的客人很難搞，一點點圖案卻刺了整天還刺不完，然而因爲那客人是他的國中同學，算是一起長大的好朋友，所以也不能馬虎了事，才會拖到這麼晚。

「眞可惜，你錯過了一場好戲。」還忍不住笑，我把故事說了一遍。

「這附近有幫派嗎？」然而游家塱卻不覺得這事有多好笑，皺起眉頭問我。

「誰知道呢？」我聳聳肩，「不過我看他們也不敢再來了吧？」

「那萬一又來了怎麼辦？」游家塱搖頭，他說：「這裡以前從沒這種狀況，但不表示以後不會有呀，還是應該小心點吧？」

這話讓我猛地心生警惕，是呀，萬一下次那兩個小混混帶了更多人來，那我該怎麼辦？雖然堅持不給錢的立場是對的，但雷龍可不能無時無刻都在這裡當保鑣吧？我是不是也應該預先準備好對策呢？想到這裡，我忽然覺得或許那張營業執照眞的有其必要，至少警方對轄區內登記有案的店家總該有點保護責任吧？正想等下樓去上廁所的游家塱回來，要跟他討論這件事而已，結果本來在外面收拾招牌的阿梅卻慌慌張張地逃進來，而跟在她後面的，赫然就是晚上那兩個小混混。

「那個胖子呢？叫他出來！」小眼睛滿臉殺氣，非常囂張地叫喊：「不是很行嗎？來呀，叫他來，看是誰躺著出去！」

我嚇了一跳，正不知所措，眼看著小眼睛後頭還跟著一大群人，每個都不過十來歲，應該是附近的小混混幫派，其中一個高個子走過來，也是一臉大鬍子，鼻翼上還穿了鼻環，看來是這群混混的老大。

「不想給錢是吧？找人出頭是吧？有種！信不信我砸了店？」高個子瞄了店裡一眼，跟我對上視線時，我也顫抖地退了一步。

「蠟燭？」那當下，我本來還想著要不要隨手抄起吧台上還沒收拾的空酒瓶，朝那個高個子頭上敲下去，攻他個出其不意，沒想到背後卻是游家塁的聲音，他還脫口而出一個奇怪的詞彙，「蠟燭」？

「小四？」結果高個子也忽然愣住了，看著游家塁張大嘴巴。

我懷疑自己是不是搞錯了什麼，感覺就像一個跑錯攝影棚的演員，在兩齣戲之間錯亂了角色，快要摸到空瓶的手停在那裡，臉朝哪邊看都不是。

「你怎麼在這裡？」那個被稱為「蠟燭」的高個子一臉疑惑地走過來一步，就在我身邊，但卻對我視而不見，雙眼直盯著被他叫「小四」的游家壘。

「你朋友？」我也傻住了，順著轉頭，看看上完廁所後，還在衣服上揩水擦手的游家壘。

「我今天就是幫他刺青呀，刺的時候還順便跟他介紹妳的店，本來約好過幾天要一起來喝酒的。」一臉茫然呆樣的他看著高個子又說：「不是叫你刺完要回去清洗傷口，好好休息的嗎？你怎麼就跑來打家劫舍了？」

世界不大，但有需要小成這樣？

這是我接手經營以來，生意最好的一個晚上。「蠟燭」確實人如其名，又瘦又高。他當天帶來的手下大約有十幾個，加上後來他們呼朋引伴，一團人滿滿地全都佔據了地下室，儘管早已過了打烊時間，但我勉爲其難，還是讓他們魚貫而下，就這樣繼續營業到天亮。這些人本來喝的全都是調酒，後來嫌棄一杯杯地等工讀生們調出來的速度不夠快，有些人乾脆點了整瓶的威士忌跟伏特加，就這麼一面喧嘩、一面牛飲。看著他們這樣猛灌，我都覺得眞是糟蹋了好酒。結果一結帳，這短短幾個小時，營業額居然將近一萬元，那些小混混們幾乎點遍了我們店裡的調酒，饒是哞仔手腳甚快而阿梅送酒勤奮，兩個人也幾乎片刻不得閒。

喧鬧中，蠟燭來跟我敬了幾次酒，還拉著小眼睛跟項鍊男過來道歉陪罪，直說以後再也不敢來這兒撒野。蠟燭還拿了張名片，要我以後遇到任何困難，儘管打給他。

「這怎麼好意思？」客氣地收下名片，我第一個想到的就是那個營業執照的問題，不曉得經營財務融資公司的蠟燭有沒有什麼管道可以替我擺平這檔子事。

「放心，妳的事就是小四的事，小四的事就是我的事！」蠟燭一拍胸口，豪氣干雲地說。

一夥人終於在天亮時散盡，我們筋疲力竭地收拾好環境，讓工讀生們下班，游家塱問我要不要吃消夜。

「消夜？」看看已經透亮的天空，我苦笑：「應該是吃早餐了吧？」

坐上他那台破爛的小綿羊機車，永和豆漿店就在隔街不遠。遠方的天空濛濛而亮，路燈還綻著光。我們連安全帽都沒戴，到了店門口，我問他什麼時候變成「小四」了。

「國中男生都很喜歡成群結隊，湊幾個人就以爲自己是天下第一大幫派了，人多就要分排名，蠟燭當時就是老大，而我剛好排行第四，所以就叫小四囉。」游家塱笑著說明，他其實也喝得差不多了，滿臉通紅，醉眼歪斜的。

「原來你國中就是不良少年。」

「誰沒輕狂過呢，對不對？」

「那現在呢？」

「現在？現在命很寶貴，錢很難賺，還是小心本分一點好。打打殺殺的事情留給他們去做吧，我還想多活幾年，多吃幾口蛋餅。」把食物往嘴裡塞，他笑說。

我忽然覺得眼前這個男人很可愛，他大概一輩子都沒辦法像蠟燭那樣逞凶鬥狠吧？除了偶爾拿自己的身體當畫布，刺些龍呀、鳳呀之類的圖案當練習，看起來有點凶惡之外，其實根本就是個個性溫和的人，瞧他說起國中時的樣子，還眞是天眞得很。

吃完早餐，騎著車，我還不怎麼想回家，問他這時間還有哪裡可去，他想了想，居然帶我來台中公園。老實說我本來還以爲他會想找個浪漫點的地方的，沒想到竟然是帶我來看這些在晨曦薄霧中運動的老人，然而想想也對，都沒戴安全帽，就算是大清早，也還是可能遇到警察攔檢，因此不能跑太遠。

「眞羨慕哪，這種生活。」看著那些老人家，我感嘆。

「羨慕什麼？」

「能夠這樣悠哉地運動呀。活在這年頭的年輕人都太快樂，卻也太辛苦了，快樂得忘了多存一點老本，對於青春又揮霍得太過辛苦。」

端詳了我一下，游家塁問我怎麼忽然感性了起來。

「我本來就是個很感性的人呀。」

「是嗎？」他用力地搖搖頭，然後說：「我腦海裡跟妳有關的形象，就是戴著口罩跟手套，窩在地下室刷油漆或者做木工的樣子，那跟『感性』二字一點都沾不上邊。」

「靠！」架他一拐子，我說其實也不是眞的多感性，只是看到眼前的景象，不免有感而發而已。

「想什麼就去做呀，光羨慕有什麼用？羨慕可不會讓妳的夢想平白無故地實現。」說著，游家塈提起他最近報了名，要參加一個在台北舉辦的刺青比賽，也已經找到了願意貢獻自己皮膚的模特兒。如果順利得名，將可以奠定他的知名度，也可以讓自己更有信心一點。

「加油呀，我相信你可以。」

「我也覺得我應該可以。」點點頭，他說：「以前看人家比賽，總感覺非常專業而困難，但現在自己似乎也走到了應該參賽的地步時，靜下心來想想，就又覺得其實也不過爾爾。刺青嘛，不管刺的是什麼圖案，該做的步驟都差不多，重點只是能不能平心靜氣，集中精神跟意志力去完成一副作品而已。而且想想，我都二十多歲了，再不拚一下，等過了三十，也許就不得不向命運低頭了。」

「是嗎？」聽著他說話，涼風徐徐，不知何時起，我的注意力已經從那些運動的人們身上轉移過來，眼睛看著的是游家塈帶點鬍渣的側臉跟他的耳垂。

「嗯，眞的是這樣，雖然一樣可以去做其他的圖畫或廣告設計，甚至學學電腦繪圖，但是那跟刺青畢竟不同，我也不想勉強自己去過那種打卡上班，每個月等著領薪水，每年等著領年終，還得提心吊膽害怕被裁員的上班族。所以囉，不管想什麼，趁著年輕有勇氣的時候，努力去做就對了。」

「我現在最想做的有三件事。」看得幾乎都出神了，但我還在說話：「頭一件就是趕快想辦法搞定我的營業執照。」

「這的確很急，還有呢？」笑了一下，低頭點菸，他問。

「第二件，我想改變習慣，以後不連名帶姓地叫你游家塱了，我也要叫你小四就好，這比較好聽。」

「會嗎？這哪裡好聽了？」那個打火機大概是壞了，點了幾下都打不著火，他還叼著菸，全神貫注在手上。

「第三件是我現在最最最想的，」是體內的酒精作祟吧，我猜。很近很近的，靠了上去，冷不防地在他臉頰上輕輕一吻，我說：「我想跟你說，小四，我喜歡你。」

別羨慕。想什麼，去做就對了。

18

然後我們就沉默了，但既不是瞬間的那種沉默，也不是完全不開口的那種沉默。從那個早晨開始，足足有快一個星期的時間，我又回到原本的生活，非常平靜地開店、補貨，偶爾則聽聽莊太太的嘮叨故事，竟像什麼都沒發生過似的。

「妳沒事吧？」坐在吧台前發呆，整晚沒多少客人，我拄著下巴，無聊到快閉上雙眼。雷龍很悠哉地看完書報架上的新雜誌，晃過來問我。

「沒事呀，能有什麼事？」我叼著沒點的香菸，兩眼無神地回答：「就是過日子嘛。」

「是嗎？我看妳魂不守舍的。」他搖著鼓棒：「地下室的油漆沒漆完，這幾天也不見妳開工；門口花圃的花花草草都死光了，妳也沒有繼續栽種；那些桌子釘好了，木板丟在一邊也不整理，這怎麼看都不像妳的風格。」

「人都有意興闌珊的時候呀。」

「是嗎？」他歪斜著眼看我。

「是呀。」我則矢口否認到底。

很多工作沒完成是事實，幾天下來的怠惰也是事實，我買的薄荷草種子至今未曾拆封，照相館拿回來的照片也沒貼上牆做裝飾，就這樣全都暫時擱著。還好稅捐稽徵處的人始終沒出現，給我省下一點麻煩，我變得很疲於應付店裡的事，連昨天那個「蠟燭」帶了大批人馬來捧場，我也不怎麼想去應酬，只叫哞仔多開幾瓶啤酒過去招待他們。不是賺錢賺膩了，我只是在想著那個綽號「小四」的游家塱。

那天在公園，猝不及防的一個輕吻，小四的臉居然整個都紅了，好半晌說不出話來，其其艾艾地嗯哼了幾句，我本來還以為他想說些什麼，結果他竟然說「我送妳回家睡覺吧」這麼一句超沒氣氛的傻話來。

是怎樣呢？難道這年頭女生對感情表示主動有什麼不對嗎？有需要這麼驚恐萬分？是不習慣還是太突然？非常突兀地結束了我們的「早餐約會」，回到店裡，其實我根本累得沒力氣回家了，乾脆就在地下室的沙發上呼呼大睡，醒來後看手機，沒有他的留言或來電，我一個人安安靜靜地躺在沙發上，兩眼盯著天花板上的吊扇，就這麼安靜地出神。而沒想到這種安靜竟然持續了好幾天，直到現在。

「喂，胖子。」用手肘碰碰雷龍，我問：「樂器會不會很難學？」

「不一定呀，看妳想學什麼。」

「吉他呢？不是電吉他喔，能夠一個人彈彈唱唱的木吉他就夠了。」我說。

「木吉他也分兩種呀。」他不改平常的嘻嘻哈哈，一臉笑容地解釋：「一般傳統音樂工作室都會告訴妳，木吉他分成民謠跟古典兩種，主要的差別在於弦的材質不同，古典吉他是尼龍弦，民謠吉他則是金屬弦。但是可愛的雷龍老師有不一樣的見解，在雷龍老師的觀念裡，吉他分成截然不同的兩派：妳要學真正的吉他就需要漫長的練習跟用心，這種技術派當然很辛苦，不過也有另一種的，那就簡單到不行了。」

「哪一種的？」我頭一次聽說學吉他還有分這兩種的。

「就是招搖撞騙型的，幾個和弦背起來，練習幾天就差不多可以畢業了。」他聳肩。

這話聽得我眼睛一亮，又問：「第二種的吉他學起來會很貴嗎？」

「第一種比較貴，而且老師的挑選很重要，但是第二種則無所謂，我免費教妳都可以。」很大方的，他說。

這大概是音樂人的通病吧，他們都有一些莫名其妙的堅持跟原則，雷龍隨身都帶著鼓棒，到哪裡都可以敲敲打打，但眞的要上課時，即使只是這種隨意指點兩下的玩意兒，他還是堅持只在工作室的教室上課。

懷著戰戰兢兢的心情，很忐忑地踏進工作室，雷龍帶我走上三樓，那根本就是豪宅吧？他們雷家也眞夠大方的，整棟透天厝的三樓至少上百坪，全都是他的工作室空間。

「歡迎歡迎，您的駕臨眞是讓我們工作室蓬蓽生輝。」笑得很開心，雷龍帶著我跟哞仔一起上去。

既然不用收錢，當然也沒有很嚴謹的課堂規則，所以坐在小教室裡，雷龍拿起吉他隨手彈了幾個節奏，哞仔則在旁邊東逛西晃，充滿新鮮感地到處參觀。還早，沒有其他上課學生，雷龍問我爲什麼想學吉他。

「需要理由嗎？」這可有點爲難，我該怎麼回答才好，總不能跟他說這跟游家塈有關。

「難道是平白無故的？」

「吃飽撐著不行嗎？」踢他一腳，我說：「少管閒事，快點！」

這種吉他果然一點都不難，雷龍也不囉唆太多樂理的部分，他教了最常用到的C大調幾個和弦，也教了最簡單的拍子打法，然後就說：「好了，下課。」

「下課？」我聽得詫異，一把吉他六條弦，每個和弦我都按不緊，彈出來的聲音亂七八糟，怎麼會這樣就下課了？

「剩下的回家自己練囉。」他不怎麼誠懇地建議。

「但是我覺得右手的拍子一直很不和諧，怎麼辦？」

「不怎麼辦呀，」他說得事不關己：「一直練就對了，當有一天妳發現拍子忽然彈得順了，那就成功了。」

「有這種事？」

「武俠小說妳看過吧？沒看過也聽說過吧？任、督二脈的打通經常都在不經意間，練吉他也一樣，妳就一直彈，彈到水到渠成的那一天，就會豁然開朗了。」

這種說法眞是匪夷所思，但我又找不出辯駁的理由，畢竟他說的也很對，這種東西別無其他訣竅，也求不得速成，就只有練習而已。眼看著雷龍帶著咩仔很悠閒地在工作室裡到處晃，什麼東西都介紹半天，我卻一個人坐在小教室裡枯燥乏味地刷著和弦，手指很快就痛了，但卻沒一個和弦按得緊或刷得好的。

「除了一直刷節奏之外，是不是還有另一種彈法？」休息時，我舉起右手，模仿游家塁彈吉他時靈活顫動的手指。

「那是分散和弦的彈法。」雷龍點頭，但跟著又搖頭：「不過妳練那個還太早，會爬了再來學走吧！」

如果有一天，我學會如何用分散和弦來彈奏那首〈晴天的彩虹〉了，游家塁會不會很驚訝？沒將那張皺巴巴的樂譜拿出來，我還不想讓任何人知道，這目前還是一個祕密。之所以是祕密，是因爲連我都還不能確定自己眞正的想法跟心意。我眞的喜歡游家塁嗎？那天在公園的親吻，會不會只是微醺後的衝動而已？就算我眞的喜歡他好了，這份感情我又能有多少把握？難道他就會接受？或者就不會遭遇到任何阻力？如果順其自然地發展下去，最後會變成什麼樣子？想到這裡，不禁聯想起我老爸嚴峻的面孔。那瞬間我忽然全身一冷，整個人又掉回現實裡來。

「認眞點！別亂彈！」從隔壁傳來叫喊聲，雷龍雖然帶著哰仔四下亂逛，然而原來耳朵卻豎起來仔細地聽著我的吉他。

「手好痛啦！」我埋怨著，但依舊很認眞地練習。

「我總覺得哪裡怪怪的。」又過了不到十分鐘時間，他們倆走了回來，看著一臉哭喪的我，雷龍說：「不是程度的問題喔，程度一定是爛到極點的。」他搔搔光頭，說：「應該是感情的問題。」

「才第一次彈吉他是能有多少感情？我光是痛都來不及了！」臉已經垮了下來，我看著手指指尖已經被弦壓出的痕跡，痛到都快沒感覺了。

「這該怎麼說呢？」他想了又想，始終說不出個所以然來。眼看著手指已經腫痛不堪，應哰仔的要求，我們從工作室出來，就在巷口的便利商店買點心吃。

很久沒這種悠閒的心情了，雖然店的整修工作還積壓著，然而那些不做也不會怎樣，與其勉強自己，不如等哪天心情好了再來開工。

買了茶葉蛋跟三明治，晃到飲料櫃前，雷龍買了好大一瓶礦泉水，哰仔挑了玫瑰茶，而我看著琳瑯滿目的飲料，最後卻選擇了鮮奶。

沒有人知道我喝東西的習慣，從小到大最討厭的就是鮮奶，然而當我走出便利商店外，打開包裝，喝了一口後，心裡卻有難掩的複雜思緒。其實鮮奶並不難喝，只要鼓起勇氣喝了一口，很快就會習慣它的味道。而當第一口喝下後，不知不覺的，就會想多嚐一次，然後再一次、又一次，就像愛情一樣。

我的吉他彈得很爛、感情放太多，還喝了牛奶。都是因為你。

19

好不容易上完第一次的吉他課，不知不覺中居然就下起了雨，天氣陰濛濛的。開著老媽的車，先送哞仔回到店門口，我撐著傘則往游家塱的工作室來。不過一邊走的時候，還一邊懷疑自己的動機。這種朦朧中的曖昧雖然也沒什麼不好，但懸著一顆心的感覺終究不舒服，如果這麼一直沉默下去，可能最後連那麼一點機會也沒有了。

他的工作室就在三民路附近的巷子裡，那兒滿街都是婚紗店，從騎樓下走過時，看得有些眼花撩亂。女人一生最幸福的瞬間應該就是披上婚紗的那一刻吧？雖然通常那大概也是一生中最累的日子。我會有那一天嗎？看著櫥窗裡漂亮而浪漫的佈置，不覺有點悵然，現在連八字都還沒一撇呢，想這好像有點早吧？

路過幾家賣喜餅的店家，我不再多所分心，反而在水果攤停下腳步，不知道游家塱喜歡什麼水果，不過他如果有果汁機，那蘋果牛奶倒是不錯的選擇。挑了幾顆蘋果，我想這可以權充伴手禮吧？走過巷子，到了游家塱他工作室的樓下，摁了幾次門鈴，然而卻沒有人來應答。

出去了嗎？我皺著眉，四下觀察一圈，游家塁那部破舊的白色小綿羊還停在門邊，如果不在樓上，那應該也就是去了附近不遠，可以步行抵達的距離。只是我又等了片刻，卻依舊不見他回來，電鈴再摁幾下也仍然沒有回應。

或許來錯了時間吧？這麼興之所至地跑來，撲空也是合情合理，有點沮喪，我轉身離開，晃去附近的便利商店，本想去繳交信用卡費用，順便買包菸的，結果居然那麼湊巧，才轉個彎，就看見游家塁跟一個女子站在便利商店門口對話。

「你這什麼意思？五千塊？這算是施捨還是同情？」那個女子有一頭俐落俏麗的短髮，面貌姣好，而且身材非常勻稱，兩條腿簡直長到不行，這樣的美女一般在街頭並不常見，不過她的氣勢卻非常凶悍，雙手叉腰，用很凌厲的口吻問游家塁：「這五千塊你打算買什麼？買老娘兩年的青春嗎？省省吧！」

「沒叫妳找錢算不錯了，不然還想怎麼樣？」游家塁臉色也不怎麼好看，理著平頭，肌肉糾結的他看起來好像隨時就會一拳捶過去似的。

「我今天只是來跟你要個檯燈而已，需要這樣羞辱人嗎？你說呀，這算什麼意思？」短髮女子手上還抓著那五千元的鈔票，語調很高亢。

「就跟妳說那個檯燈壞了嘛！更何況那本來就是我買的，憑什麼要還妳？」游家塁說：「如果東西還在，難道我會不給妳嗎？一個檯燈算得上什麼貴重物品。再說，這五千塊夠買幾十個檯燈了吧？」

「放屁！什麼你的？那明明是我買的！既然分手了，東西當然要分清楚。」女子根本不相信他的話，還說道：「只是一個檯燈而已，你都要賴著不還！你以爲我缺這五千塊嗎？我要的是誠意跟公道！」

「這跟誠意、公道有什麼屁關係呀？不然這樣好了，既然妳要算得清清楚楚，那好，我立刻去買個新檯燈來還給妳，但是妳現在也要馬上回台北，把我的貓接回來還給我，這樣好不好？」游家曌似乎也眞的動怒了，他似乎存心要跟那個女子槓起來：「妳很想計較是吧？來，我們就來計較一下，保證計較得公公道道，還誠意十足，肯定童叟無欺！」

「貓在我家，我媽在養。」女子的氣勢似乎減弱了一點。

「那關我個屁事呀！」游家曌似乎非常得意於自己佔了上風。

「不然……」女子腦筋急轉彎，又說：「我幫你修過車，大概也花了四五千元，你要還給我！」說著，她伸出另一隻沒握著千元鈔票的手來。

「去死吧！我又沒叫妳修，妳自己要修的，跟我什麼關係？而且那都是幾年前的事了，現在還拿出來講喔？」游家塱也很大聲：「是怎樣，打算結總帳嗎？那好，走，我們上樓去，這幾年的發票我可都還留著，大家可以對一下帳，看我們花了多少錢在彼此身上，看到底誰要付給誰比較多！」

我在旁邊聽得傻眼，正不知道是該偷偷溜走好呢，還是繼續聽下去好，就聽游家塱很不屑地說了一句：「眞他媽要計較的話，我看妳現在連內褲都得脫下來還給我，那搞不好也是我當年出錢買的！」

眞是有夠難看的場面，雖然吵架本來就沒好話，但也不用說得那麼難聽吧？眼見得那女子氣得幾乎連眼淚都快流出來了，最後她一個轉身就走，游家塱則回頭進了便利商店，出來時手上多了一瓶啤酒，坐在店門口的騎樓邊就開始抽菸喝酒。

「嘿。」我這時才敢現身露面。他有點錯愕，一時間還不知如何回應才好。「你還好吧？」帶點試探的口氣，我問他。

「妳怎麼忽然跑來了？」他囁嚅了一下才問。

「本來想問你喝不喝蘋果牛奶的，」我搖搖手上那袋蘋果，再指指他的啤酒：「不過我想你現在應該只剩下喝啤酒的心情了。」

苦笑一下，游家塱很快地喝完啤酒，站起身來，而我則跟在後面，本以爲他會想回工作室的，沒想到他卻帶我沿著巷子走過去，走向柳川的堤岸邊。

「有點措手不及，沒想到她會忽然跑來，雖然碰面就吵架是慣例了，但為了一個檯燈而吵實在很無聊。」他無奈地說。

「既然知道無聊，幹嘛還吵？」

「不能不吵呀，做人要明明白白、清清楚楚才行，那個檯燈本來就是我買的，別說它老早就已經壞了，就算還在，我也不會給她。雖然這種賭氣還挺幼稚的，但沒辦法，就是不想認輸，我寧可用五千塊堵她的嘴，也不想輸掉一盞檯燈。」游家塁說著，但我心裡想的，卻是他會不會也盡快把我們這段曖昧弄個明白？不過一轉念，似乎又有點不對，游家塁可沒說他喜不喜歡我，這一切目前都還只是我一廂情願而已。

一面走著，他說以前在台北時本來有隻貓，雖然不算稀有品種，但至少也是挺可愛的寵物，貓咪後來被那女子接回台北縣的老家，沒想到就這麼一去不回。

「所以她經常來找你？」我想這一切已經是昭然若揭了，他們本來是一對情侶，後來則變成了一對怨偶，而且分手時財產分配不均，所以之後會衍生出很多抱怨與追究，不但當不成情人，甚至連退一步當朋友也沒辦法。搖搖頭，游家塁說其實也不常，那個女子只是偶爾想到什麼時，會打電話來抱怨幾句，這次則是電話中鬧得僵了，才大老遠跑到台中來，不過檯燈沒要到，反而碰得一鼻子灰，只好鎩羽而歸。

「就算本來是你買的，給她又有什麼關係呢？」我勸他。

「憑什麼？」他轉頭對我說：「妳跟一個人在一起兩三年，卻連對方吃軟或吃硬都搞不清楚，那還妄想什麼檯燈？再說，她也算賺到了吧？至少還拿到五千塊錢耶，那夠我喝多少瓶鮮奶了！」

點點頭，我知道他的意思，雖然認識游家塁不算久，但約略可以猜得出來，像他這樣很個性派的人，基本上不會太讓別人牽著鼻子走，也不會在威勢壓迫下屈服，應該是很典型的吃軟不吃硬才對。

「所以你眞的保留了歷年的發票？」

「怎麼可能？」他啞然失笑：「當然是鬼扯的，誰會幹這種無聊事呀？」

聽得我也笑了，走在雨剛停歇，空氣很清新的柳川堤岸邊，我又開口：「對了，小四，我可以問一下嗎？你跟你那個前女友是怎麼分手的？」

這話一出口，他臉上表情瞬間垮了下來，然而不是生氣，而是整個人像沒了靈魂似的，差點就要全身一軟。坐在堤岸邊的欄杆上，他點了一根菸，沉默了好久，最後才抬起頭來，對我說：「這個妳別問比較好。」

「爲什麼？」或許如他所說，站在朋友立場，有些事別過問太多會好一點，然而我並不想跟他只當朋友而已，所以才有繼續追問下去的必要。

「因爲她不算是我前女友。」

「不然呢？」我愣了一下。

「正確來說，應該算是我的『前妻』。」他用很肯定，卻也充滿無力感的口氣回答。

如果我說離過婚的男人更有魅力，這算不算是很蠢的蠢話？

20

「眞看不出來哪，他原來是個結了婚的男人。」嘖嘖稱奇著，咩仔直呼不可置信。

下午在店裡，我將每一張照片都小心翼翼地貼到牆壁上，她則將一堆細木條塗上白漆，等漆乾了之後，就可以做成照片的邊框，雖然簡單而廉價，但卻充滿創意。她幫我搞定了照片後，我則依約陪她去做頭髮。燙髮時，我把游家塋的事簡單說了一下，不過當然不會提到感情方面的問題。

「不是結了婚，是結過婚。」我解釋著。

「會不會是因爲這個緣故，所以他才顯得跟別人很不一樣？」咩仔說她雖然不常看見游家塋，但有時見他來到店裡，跟大家話並不多，常獨自坐在角落裡，總覺得這個人很怪。

「怎樣的怪？」我問。

「一般來說，這種單身男客人通常都是有話想講又沒對象，才會到店裡來找人搭訕聊天，但是他卻安安靜靜的，如果沒人主動找他講話，他也不跟人開口，這樣的客人其實很不尋常哪。」哞仔抓抓下巴，說：「只是沒想到原來是因為這緣故，他居然結婚了。」

「不是結婚了，是結過婚了。」我又強調一次。

「不過話又說回來了，就是因為這樣，所以他才有自己的獨特性，對吧？」哞仔說：「妳看油頭叔，他如果不加班，就幾乎每個晚上都耗在店裡窮聊天，搞得自己跟公關一樣；老李就更不用說了，幾瓶台啤喝下去，連他自己叫什麼名字都忘了；雷龍也是，他大概只有坐在鼓椅上面打鼓時才是清醒的。這些人一個個都聒噪得要命，難得有個安靜點的。」

「我倒寧可他囉唆點，這個人不講話的時候看起來很凶惡。」我說。

「還好吧，那只是長相而已嘛，重點是個性呀。」哞仔說：「那應該算是沉默吧？還是沉穩呢？一個人如果有著與眾不同的人生經驗，確實表現出來的樣子就會跟別人不同囉。這也難怪啦，油頭叔他們都是王老五，至於老李，雖然他是離過婚的，卻根本沒多少長進，跟沒組過家庭的人一樣沒頭沒腦，可是游家塁卻是結了婚的男人。」

「是結過婚，不是結了婚。」我已經懶得多說了。

收拾著裁切後剩下的木板，將那些殘餘的碎塊直接扔了，再看看那幾張游家塱用電鑽施工做出來，工整且漂亮的桌子，我搖頭嘆氣，正猶豫著是否要打個電話給他，結果一上樓，把木板拿到隔壁的垃圾堆時，就看到那傢伙拎了一個便當走過來。

「排骨便當？」

「跟內江街那家一樣的味道。」他說。

沒進店裡，我們坐在門口的椅子上，那個便當本來是游家塱的晚餐，但卻被我吞了下肚。一面吃，我一面聽他說故事。而他則非常可憐，不但便當被搶走，還得蹲在路邊，將堆放角落已經好幾天的營養土鋪在門口的花圃上，然後均勻地灑了種子，再小心翼翼地開始澆水。這也不算我欺負人，反正本來就是他自己提議要重新種植花草的。

「應該就是所謂的少不更事吧，自己也不知道適合或不適合，就這麼糊里糊塗地結了婚，簡直像閉著眼睛逛大街，卻掉進路上的坑一樣。」一面工作，他說。

我有點聽不懂這種譬喻，不過游家塱似乎也不以為意，繼續說：「本來大家的家人也都是反對的，可是那時候傻，天眞得以為愛情可以戰勝一切，還覺得既然兩個人決定要在一起了，那就什麼都可以不管了。」

「後來呢？」啃著排骨，我問。

「這種感覺很難講得清楚，簡單說，就像妳走進一家冰店，明明點的是一碗豆花，但是吃了半碗後，才發現老闆端過來的其實是綠豆湯，那時候想退貨都來不及了。」游家塋的譬喻實在是不倫不類，不過想想也挺貼切的，換個常人比較能接受的說法，大概就是個性不合的意思。

我點點頭，游家塋說當年從學校畢業後就直接去當兵，退伍後尋思著出路，恰好有朋友在雜誌社工作，介紹他去當臨時的攝影師，專門拍些首飾之類的廣告，而他那個前妻，就是當時負責戴著這些首飾給攝影師照相的平面模特兒。

「兩個人談戀愛很簡單，彼此有感覺就行了，那應該怎麼說呢，大概就是綠豆沙配上牛奶一樣的順理成章，也沒約過幾次會，就認定彼此是一輩子的廝守對象。」

「太輕率了吧？」咀嚼著最後一口那滷得很入味的排骨，我決定暫時不去理會那些亂七八糟的譬喻，繼續維持在話題中心。

「年輕時都覺得自己的眼光一定是正確的，哪想得到那許多？結果相處不到兩年，馬上就出現問題了。」游家塋搖搖頭：「人的個性有時候必須經過長期相處才會慢慢顯露出來，最後彼此都很累，當然就只好草草收場。」

「你家人對這事怎麼看？」

「沒能怎麼看，反正結婚時沒有宴客，我們是公證的；離婚當然也一樣，既不必勞師動眾，也不用大費周章，同樣都是找兩個人當見證人，像投飲料販賣機的可樂一樣簡單，船過水無痕就搞定了。」他聳肩。

雖然已經吃完了他的便當，但我卻一時找不到話好接下去，游家塁在我丟棄的那堆木板當中又挑了些出來，他說這些都是花錢買的，雖然已經不是方方正正的規則形狀，但正好可以拿來稍作加工，做成一些具創意巧思的小茶几之類。

「裝潢得差不多了吧？」他將挑中的木板又扛下樓放好，我則尾隨在後。環顧著地下室的裝潢，看著那些他拍的照片，游家塁讚嘆不已：「原來妳要照片是這個目的。」

「還不錯看呀，不是嗎？」站在他背後，我說：「咩仔也說這些照片拍得很好，所以你應該有點信心，多拍一些照片來送給我吧？」

笑著點頭，游家塁問我是不是要舉辦一次重新開幕的派對，而我點頭，吧台的油漆、牆壁的粉刷幾乎都已告一段落，剩下的工作不多了。這個重新開幕的派對我曾計畫過，但還沒有開始籌備。

「跟電有關的問題解決後就可以了。」他說。一切近乎完工的同時，最後的關鍵就在於電路跟照明方面，地下室有點暗，而且電壓很不穩，我可不能找了一堆人來之後，讓他們在地下室嘗到摸黑逃命的滋味。

「所以你現在還會嚮往婚姻或愛情嗎？」雖然很專心地聽著他談起電路的施工，然而不知怎地，我問出口的居然還是剛剛的話題。

游家塈愣了一下，看我一眼，說：「其實還好，應該說無所謂。」

「無所謂？」

「人生下來本來就是孤獨的嘛，那何必非得去強求一個伴呢？當然愛情要來，那是誰也擋不住的，但這跟結婚是兩碼子事吧？能有天長地久，那算是走運，只能瞬間燦爛，那也無可厚非，對吧？」蹲在地上，用力摳著磁磚上乾掉的油漆痕跡，游家塈說：「沒有人不嚮往愛情，只是我覺得有點怕了而已。」

這話是在暗示我什麼嗎？看似不經意地說出口，但我卻眞眞實實地感受到了。游家塈將油漆摳掉後，又在地下室到處晃來晃去，時而將椅子排整齊，或將吧台上的小飾品擺定位，甚至還把桌巾鋪齊，但就是沒向我看上一眼。

「那萬一你就這樣一直怕下去，豈不是永遠沒機會再戀愛了？」勉強讓自己的聲音聽來平穩，我問。

「誰知道。不過愛情需要一個觸發點，對不對？」他忽然轉過身來，對我說：「也許哪天這個點忽然出現，然後愛情就跟著開始了。」

「是嗎？」

「就像電一樣嘛，電流通過的瞬間可能會讓燈泡發亮，也可能會讓線路又跳電，那需要的都是一個觸發點呀。」說著，他往沙發邊那面牆上的燈泡開關伸手過去，原本沙發區應該就大放光明的，結果還真他娘的百靈百驗，這開關一摁下去，我沒看到什麼光，卻聽到很熟悉的一聲「砰」的輕響，然後整個地下室就又陷入一片漆黑當中。

「啊！」然後那些什麼愛情、婚姻，什麼觸發點的狗屁可全都沒了，只剩下我的慘叫聲。

我們需要一個觸發點。這是結論一。

我們真的應該快點改善電路問題。這則是結論二。

撥雲後所見莫非就是晴艷的白日了？或只映刺了你我眼瞳？
這都會裡滿是寂寞的歌唱聲音，誰還聽得見幽幽呢喃。
這麼著，當長夜將盡時，就一起看日出，可好？

儘管夢想與現實永遠拉扯，或者地獄與高潮只在轉眼之間，
但至少你畫了支傘下有咱倆名字。

21

從接手開始，直到這一刻，中間歷經了將近三個月，晚上八點半，獨自坐在通往地下室的樓梯上，看著燈火通明的空間時，我不禁感慨。原來人生就是這麼一回事，是吧？還記得那天沮喪地搭上客運回台中前，心裡充滿無奈與惆悵，但那卻是我一生中難得鼓起勇氣的一次，那天，我把在出版社搞得灰頭土臉的自己給開除了。

然後我又想起來，當在網路上看見這家咖啡館居然名列拍賣時，那股不可抑制的驚訝。沒想到這年頭什麼都有人賣，而最荒謬的，是也居然有像我這樣的人會買。是應該感謝老爸吧？要不是他整天催逼，還揚言要把口袋裡的鈔票換成銅板來壓死我，可能我也不會這麼義無反顧地就跑去辦了貸款。莊太太說這對健康很不好，我也如此認爲，三個月下來，作息整個顛倒過來後，我的精神狀況並沒有以前好，但雖然如此，我的心裡卻比以前更開心且踏實，就像這一刻，當坐在樓梯口，看著偌大的地下室空間時，心中澎湃的成就感與滿足感，是以前當行銷時完全無法獲得的，這些有的來自於吧台桌面上著色不均勻的油漆工，有些則來自於幾張傾斜又造型詭異的小茶几，那是我採納了游家璺的意見，趁著最近幾個生意不好的夜裡，獨自一人，在腦袋裡不斷回憶著游家璺釘製木桌的方式，慢慢拼湊而自己一個人完成的。再轉頭，我看看樓梯欄杆旁的酒瓶，那種驕傲更強烈了。前幾天，游家璺帶了一包工具來，包包裡除了許多電線與燈座，另外還有一種名叫「矽力康」的密封膠。

拿著一個金屬材質的工具，游家璺將矽力康的膠瓶裝上去，然後要我將最近一直堆在牆邊，尚未回收的空酒瓶搬過來，就在每個酒瓶的瓶身上都塗了膠，然後一一堆疊起來，他說這玩意兒有無限好處，簡單、大方，而且便宜。

「這麼好用？」

「跟新鮮紅木瓜加鮮奶的口味比起來，可以獲得更高分的評價喔。」他說著莫名其妙的比喻，也做起了示範。

起初我還搞不懂，但後來則慢慢看出了端倪，他用這種膠慢慢地黏塗，將一支支酒瓶堆砌成一面牆，正好讓我擺著做裝飾。而我突發奇想，就在他拿著一本《居家修繕全書》，按照裡頭敘述的室內配電方式在按圖索驥，到處施工時，我則拿著矽力康，在連接一樓與地下室的這道樓梯上慢慢黏著酒瓶，剛好阻隔了地下室樓梯邊仰頭上望的視線。這樣做有兩個好處，其一是增加美感，再者則是杜絕常穿短裙上班的啐仔跟阿梅跑上跑下時容易走光的危險。

這些都是我的。看著店裡的一切，我心裡這麼想。起身，沿階而下，拿起擱在舞台邊的木吉他，輕輕撥了兩個和弦。如果有朝一日，我能夠流暢地彈奏出那首〈晴天的彩虹〉，會不會就促成了那個「觸發點」？

然後我又看看撞球桌旁邊那道白牆，在四處都粉刷過後，這面白牆顯得非常突兀，前幾天游家塁在修繕配電時曾問過，爲什麼遲遲不給它一點佈置，還說如果照片不夠，他可以再挑選幾張來。但我搖頭了，跟他說：「照片的佈置已經夠了，店裡的每一個空間都應該有它最適合的規畫，每一區的風格應該區分開來，在沒有最好的打算前，我覺得別浪費了比較好。」

他聽得一頭霧水，但我卻心裡雪亮，當初曾開玩笑地說過，希望可以由他在這面牆上畫點什麼，那時他笑著婉拒了，直說自己功力不夠，怕破壞畫面又貽笑大方，但一邊黏裝酒瓶時，我也問了，前陣子他說要參加一個刺青比賽，究竟後續發展如何。游家塁倒是聊得興致盎然，他說初賽剛過，他的作品是一幅百花圖，就呈現在刺青模特兒的整個背上。這種大範圍的刺青不可能一次完成，頭一回合的比賽內容也不必全部完工，評審要看的只是創意，他在模特兒的背上做構圖，憑著細膩的線條與層次感，已經獲得了很好的成績，幾位觀賽的前輩都給予很高的評價，過陣子的第二回合賽中，他有把握可以繼續乘勝追擊。

如果我此刻再提一次，游家塁會答應嗎？如果答應了，他會在這面白牆上畫些什麼呢？看著空空如也的一面牆，我心想，會不會是那幅他幫我設計的鳳凰？或者是其他的？他曾說自己始終缺乏機會與自信，對很多事都沒有把握，那現在呢？我這麼想著：與其在上頭畫一幅跟我有關的圖，倒不如讓他畫一點跟他自己有關的，這樣會不會更好一些？

周遭走了一圈後，我晃進吧台，角落有一大堆箱子，裝滿了林林總總將近十來個品項的啤酒。我曾經是個除台啤與海尼根外即無啤酒品牌的土包子，也曾經對哞仔靈活俐落的調酒功力嘆為觀止，然而此刻，這裡的一切其實我都已經很熟悉了，遇到充滿新鮮感的學生客人，我還能對他們做上一番介紹，雖然不像哞仔那樣總是興之所至地就能隨手創造出新的調酒，但至少也能獨當一面了。

這裡的一切都是我的，而且是我們胼手胝足，努力地從近乎廢墟的世界裡，一點一滴慢慢建構出來的。眼前沒有鏡子，但我知道自己這當下是面帶微笑的。很美好的一個夜晚，用自信的腳步上樓，打開了還在緊閉中的鐵門，時間剛好八點五十分，距離開店還有十分鐘。不過門開後，我的眼睛差點沒掉出來，下個月一日是我預定的重新開張派對舉辦日，距離現在只剩十來天時間，說好了老闆跟員工都要盛裝打扮，所以今天晚上我們要預先試裝，先將自己最好的造型做出來。

但我怎麼也沒想到眼前看到的會是此一光景：阿梅頭上包了兩個髮髻，穿著鮮紅色的短旗袍，看起來活像電玩「快打旋風」裡的春麗也就算了，哞仔非常誇張，她全身穿著大概只有兒童樂園裡才看得到的連身動物布偶裝，把自己變成了一隻用雙腳站立，能夠滿街跑的乳牛。

「丟臉死了，路上的人都在看，還有小孩子跑過來要跟她握手。」阿梅用非常嫌棄的語氣說。

「開玩笑，這可是我最珍貴的收藏耶！」手上還抱著一顆乳牛頭套，哞仔說：「妳們以為我這外號怎麼來的？就是這樣呀！」

「好，好，好……」對比之下，我的小禮服根本不值一哂，除了目瞪口呆外，我已經找不到適合自己的形容詞了。

我有很棒的一家店，有很天才的兩個工讀生。現在，只缺一個你。

22

夜深時又下了點雨，坐在窗邊看得悵然。昨天被哞仔的乳牛裝扮給嚇了一跳，確定那身怪樣子並不妨礙調酒工作後，我們算是定裝完成。不過可能還有點不適應台中的晚秋天氣，本來精神都還挺不錯的，沒想到晚上剛過十二點，漸漸地就覺得有點頭重腳輕，好像全身都不對勁似的，最後只好提早告退，將後續的工作交給哞仔她們。

開車回家的途中，我順道轉往附近的藥局，幸虧台中有很多這種二十四小時營業的藥局。藥局的老闆一量額溫，我們都錯愕了一下，居然高燒三十八度半。支撐著病體，不想在這種時候還跑醫院急診，我買了一堆成藥，決定先回家休息。

只是或許習慣夜生活了，就算吃了藥，勉強洗完澡，躺在床上卻還是睡不著。昏昏沉沉中，我還不忘傳個手機訊息給游家塁，代我聯絡一下他的那些朋友，希望能邀請他們一起來參加重新開幕的派對。

可能是正在忙吧，他回答得很簡單，我們也沒時間多聊。不聊也是好事吧？看著窗外的朦朧雨景，我跟自己說。這份感覺說濃不濃，說淡也不淡，甚至連從什麼時候開始的我自己都說不上來，然而它就是悄悄地在心裡滋蔓開來，逼得我最後不得不宣之以口。

可是說了又怎樣呢？沒有接受，也沒有直接拒絕，游家塋等於是給我一個軟釘子，雖然還能像朋友一樣，一起做裝潢、吃吃飯，但就是很難再涉及感情的話題。那個所謂的觸發點是什麼？我在想，是不是那意味著他對我同樣有好感，只是還不能確定這份好感能否轉化爲愛情？是這樣的嗎？是嗎？

沒有菸癮，只是這種時候特別想抽菸。回家時我爸媽老早都睡了，這陣子老爸對我的工作幾乎不再過問，大概也漸漸接受了吧？老媽跟他說得好聽，說我用自己的積蓄跟朋友一起合夥經營，朋友負責白天的工作，我則接手從傍晚到打烊的時段。能混過去就好，免得他老人家一天到晚囉唆個沒完。

本來躺在床上想悶汗的，但汗沒幾滴，卻差點將自己悶死在被窩裡。在房間來回走了幾步，側耳傾聽外面毫無動靜後，我終於鼓起勇氣，將窗戶打開，然後點了菸。

小心翼翼的，每口煙都往外吐，這種感覺可眞荒唐可笑，感覺自己好像是個未成年的國中生在偷抽菸似的。一邊抽，我拿出包包裡的筆記本跟帳簿。這兩個月的營業額還過得去，除了支付成本，雖然賺不了大錢，但至少也讓我可以完全依靠自己生活，甚至還有一點剩餘。筆記本上記載著規畫中的工作項目，雖然弄得身上一堆傷，但是大部分裝修都已完成，跟老李一起弄回來的鐵軌枕木沒派上用場，只好等以後再說。接下來就等著我病情好轉，也等到天氣放晴，我們主從三人要一起到街上去發放傳單。傳單內容油頭叔草擬好，老李審核過，雷龍用電腦繪圖做出來，算是他們終於也幫上了一點忙。

想工作比較輕鬆，我這樣覺得。愛情的問題永遠無解，怎麼想也想不出個答案，與其在那裡頭轉圈圈，不如認眞點計畫工作的步驟要來得實際些。然而正當我在腦海裡思索著該去哪些地方發傳單才能收到最大成效時，忽然外面傳來幾聲異響，嚇得我趕緊把香菸丟出去，急忙忙的，趕快要關燈裝睡時已經來不及了，鄉下人的生活習慣在這瞬間成爲致命的關鍵，沒敲門，房門就被推開，我老爸面色凝重地走了進來。

那是一陣漫長的沉默，他大概一時有點找不到話說吧，臉上表情有點古怪，不過倒是用力吸了幾下。

「拿出來。」他沒說要我拿什麼，但我卻大氣也不敢吐一口，乖乖地掏出香菸，連打火機一起交出去。

「什麼時候學會的？」他看看已經抽掉半包的香菸，問我：「哪裡學的？」

「沒學會呀，抽好玩的而已。」我說的是眞話，每口煙都是吸到嘴裡就吐掉了，壓根兒沒吸進肺裡，每個抽菸的人都說這是在浪費錢，連我自己都經常這樣認爲，只是也有時候，明知那是種浪費，但就是很想點根菸。

「屁話！二手菸一樣有害健康。」老爸瞪我一眼，說：「是不是在台中才學會的？」

「在台北就會了啦。」

「抽多久了？」

「半年而已。」他每個問題都問得很快，但我也回答得毫不遲疑。他這人最討厭人家吞吞吐吐，與其扭捏作態，還不如老實大方地承認。

「再抓到一次，妳就給我滾出去。」老爸「哼」了一聲，說：「女孩子抽什麼菸？不像樣！」

聽到他這麼說，我還眞的挺想在他面前又點一根菸的，如果他眞的把我趕出去，那豈不是更好？不過這當然只是想想而已，我可沒這種狗膽。

「不是我愛說妳，幾十歲人了，什麼好什麼不好，這種簡單的問題都搞不清楚？什麼咖啡店需要每天忙到天亮才下班？我台灣、大陸多少地方跑來跑去，都沒看過這種咖啡店。而且妳媽說每天洗衣服，都聞到妳衣服上有菸味、酒味，從來就沒聞過什麼咖啡味。」他看看房間，繼續嘮叨：「房間亂七八糟也不整理，成天耗在店裡，都不曉得搞些什麼名堂，像樣點不行嗎？書都白讀了是不是？」

我可以找到至少上百個辯解或反駁的話，然而這當下理虧在先，不管講什麼都沒用，於是乾脆還是閉嘴爲上。

「妳存摺呢？」我爸看了看我，伸出手來。

「存摺？」呆了一下，這是他生平第一次跟我要存摺。「你要我存摺幹嘛？」

「怎麼，不能看是不是？」他的語氣咄咄逼人：「妳入股咖啡店花了多少錢？三個月下來賺了多少？回本一半沒有？就算不問妳錢好了，妳學到什麼？有什麼收穫？」

這一連串問題問得我啞口無言，最後只好低下頭，來個相應不理，反正今天晚上算是栽了，他愛說什麼就讓他說吧。老爸就這樣嘮叨了好半天，還說他再給我一個月時間，如果我的收入沒有起色，那就不准再繼續耗下去，不管入股花了多少錢都沒關係，叫我立刻放棄，乖乖跟他到大陸去。

「不管做什麼都好，我就是不想去大陸嘛。」

「大陸有什麼不好？」老爸說他大陸那邊的廠房正在蓋，以後需要信得過的人手，這樣發展才會比較順利。

我很想告訴他，所謂的好或不好是見仁見智的問題，老闆認爲好的事情，員工可未必會認同，況且對我來說，去大陸工作無異就是發配邊疆，他可以照樣台灣、大陸兩邊跑，過著自己高興的日子，我呢？我去大陸會變什麼樣子？白天上班，晚上只能關在宿舍裡，那裡的生活我在店裡已經耳聞了太多，女性台商幹部通常都會無聊到死。

「幹什麼？」

「我……」我忽然覺得有點頭暈。

「怎樣？裝病是不是？」他還要繼續說話，但我卻一陣暈眩，難不成悶汗、吃藥都比不上我老爸的囉唆來得有威力？

「我在講話，妳有沒有注意聽？」他走上前，伸出手要拉住我的手臂，但我卻早他一步向後倒，明明心裡還有千言萬語想講，但整個人無力地往後仰，沒有痛覺，就「撲」地剛好倒在床上。

我聽到「大陸」兩個字就會頭暈。

說起來是挺感動的，雖然礙於性別關係，油頭叔跟雷龍他們不方便來探病，不過哞仔跟阿梅卻是大包小包的水果、補品一起帶來，還跟我爸媽聊了好久。虧得她倆幫忙圓謊，老爸暫時相信了我們所經營的是咖啡店，也認爲哞仔是我的合夥人，還說現在的年輕人眞不簡單，這麼早就有能力開店了。這話聽在耳裡眞不舒服，我比哞仔還大上幾歲，怎麼我開店就很不可信賴嗎？

「不用擔心，一切都在掌握中。」跟老爸聊完，哞仔陪我進房間，她拍拍我肩膀，說：「不過妳還是要早點回來啦，店裡可是有一堆貨要補呢。」

那是難得的休息，與往常只有週日公休的感覺很不相同。好久沒休息了，自從頂下店後，就一連忙了好一陣子。不過大概是奔波慣了，在床上才躺兩天，也頗有點無聊。游家塱一通電話打來，問我有沒有空，雖然精神還欠佳，不過我卻爽快地答應了。但其實他也沒別的事，不過就是缺衛生紙、缺垃圾袋，想找個人陪著一起去大賣場而已。

「身體還好吧？不用忙店裡的事？」推著大推車，他買生活日用品，我則買些店裡要用到的可樂、柳橙汁跟啤酒之類。他問我最近店裡的狀況，不置可否，我說反正就是這樣子，一切準備都只爲了下個月初的重新開幕。

「不在店裡不代表做的事就跟店無關呀。」舉起一瓶店裡用的檸檬原汁，我說：「剩下不到半個月，一切也籌備得差不多了。」

點點頭，游家壆說他很想來，不過那天是他要到台北進行第二回合比賽的日子，只怕回到台中時已經很晚。嘴巴說沒關係，然而心裡還是有點失落，店裡的一切裝潢幾乎都是我們兩個共同完成的，多麼希望當我跟大家介紹時，他能夠一起站在旁邊。

「如果順利得獎的話，你的生活會有任何改變嗎？」買完東西，把貨都扛上車，我很喜歡這種感覺：他賣力地將一箱箱東西搬好，而我只負責提些輕的東西如紙巾之類。那種感覺算得上是幸福吧？有個男人在身邊，任勞任怨地出賣勞力。

我們先回到他工作室的樓下。他那部破爛機車根本載不了什麼，還是我開著家裡的車載他去購物的。

「誰知道呢。」游家壆說：「雖然覺得自己似乎能夠藉這機會，多證明一點什麼，但是再想一想，卻又有點疑惑。到底能夠變出些什麼呢？不管蛋餅怎麼吃，好像也只是加醬油或甜辣醬這兩種選擇，其實變不變沒什麼差別吧？」

「你高興也可以試試看只加番茄醬。」

「得了吧。」他說。

補完貨，本想說還能跟他一起去吃個飯的，孰料他竟說晚上要回家一趟，理由是老媽生日。這下可好，總不好妨礙人家母子天倫，雖然游家塋提出邀約，但這時候就跑到人家家裡去參加這類聚會也不免唐突，最後只好跟他揮手道別。

可是一回到我家的地下停車場，本來想回家睡一覺的想法立刻就動搖了，我們家有兩個停車格，一個停著我現在開的這輛，是老媽的車；通常另一個停車格白天是空著的，因爲我老爸應該在公司，但現在他的黑色賓士卻靜靜地停在這兒。

暗叫一聲不妙，我還沒把車停進去，就先摸摸口袋裡的手機，心想是要打給哞仔好呢，還是乾脆跟雷龍約一下，去他工作室練練吉他也不錯，然而結果我一通號碼都沒能撥出，手機的螢幕鎖都還沒打開，停車格旁的電梯門忽然打開，我老爸滿臉怒容地就走了出來。

「跑到哪裡去了！」他怒氣勃勃地一開口就是罵人：「每個晚上都不在家，現在連白天也跑得不見人影！不是感冒了嗎？還有力氣一天到晚往外跑！」

「我有事要忙呀。」不想在這裡就跟他吵架，下了車，我打開後車箱，要先把屬於自己的幾項日用品拿下來，剩下的晚上再載去店裡。這停車格太小了，如果現在不先拿東西，待會停好車後會很不方便動作。

「成天無事瞎忙，忙半天也不見個什麼成績出來，還好意思說自己忙！」他瞪著我：「要遇見妳可不容易。」

「所以你是特別回來堵我的是不是？」也開始不耐煩了，我打開後車箱，還沒動手拿東西，嘴上已經開始反擊：「什麼工作是一開始就賺錢的？你年輕時也是自己創業，難道就沒有經歷過開頭的草創期嗎？而且我感冒已經好多了，當然趁有空趕快補貨呀。」

「至少我做的是有前途的行業！妳瞧瞧自己做的是什麼？」他大概沒意料到我會辯駁，愣了一下。

「咖啡館沒前途嗎？台灣那麼多人喝咖啡！你自己只會上酒店，別以為別人就都跟著不喝咖啡了！」我把話堵了回去，一轉頭，後車箱裡頭有我今天買的衛生棉。老娘今天心情很不穩定，決定不當個低頭屈服的乖女兒，而且我的店過幾天就要重新開幕了，到時候一定能賺到錢，誰希罕這種低聲下氣的日子！

「那咖啡在哪裡？可樂、柳橙汁，還有這麼多啤酒！妳那是什麼狗屁咖啡店！」那車箱蓋不開還好，一開就尷尬了，爲了重新開幕的派對，我特別計畫要舉辦一個小時啤酒免費的活動，所以去大賣場買了爲數不少的特價啤酒，我爸一見之下，立刻挑到毛病。

「你知不知道有一種咖啡是用啤酒混咖啡豆下去煮的？那是時下最流行的咖啡喝法。」冷冷地「哼」了一聲，我冷笑著：「老人家，稍微跟一下時代的腳步好不好？」

那當然是鬼扯，世界上怎麼可能會有啤酒跟咖啡一起煮的荒唐作法？用威士忌或白蘭地還有聽說過，啤酒？眞是天方夜譚。

晚上開店，收到一堆人早就拿來，等著我收取的探病禮物：油頭叔送了一盒巧克力，雷龍送了一道平安符，老李給的則是冰箱裡的冷凍蝦子。當我吃著沾辣椒醬的微波蝦仁，跟大家形容起下午我老爸目瞪口呆的模樣時，所有人全都笑得東倒西歪，阿梅還因此打翻了酒。

「所以我們眞的不賣咖啡嗎？」阿梅問我，反正都掛名咖啡館了，不如弄點簡單的器具，說不定可以多拓展一點生意。

「妳覺得這氣氛像是賣咖啡的地方嗎？」我指指店裡昏黃的燈光，雖然不像一般的酒吧或夜店那麼暗，但也絕對亮不到哪裡去；再看看吧台桌面上，滿滿的全都是酒瓶，而坐在高腳椅上這些人，油頭叔已經微醺，他跟雷龍正在搖骰盅，大玩吹牛遊戲，另一邊老李則已經差不多喝掛了，手上的台啤酒瓶連拿都拿不穩，要不是哞仔趕緊搶過來幫他倒酒，只怕大半瓶啤酒都要灑在桌面上了。

「我覺得，酒吧就應該要有這種酒吧的樣子。」看看一旁角落裡兩個男客人正高談闊論，而幾個女客人則嬉鬧成一團，在音樂與聊天的喧嘩中，我跟阿梅說：「這就是酒吧，不是嗎？讓它吵吧、鬧吧，然後我們就忘記咖啡，努力賺酒錢吧！」

這話剛說完，一片嘈雜中，店門忽然推開，一個年紀大約六十歲上下的男人走了進來，他已經滿面紅光，但卻笑得非常開心，不過這男人開心的原因，顯然不是因爲他來到我們店裡，看到這麼歡樂的場面，而是因爲他一手一個，正環抱住兩個長髮披肩，樣貌姣好，而且身材曼妙，穿著火辣的女子，看起來就是什麼傳播妹或酒店小姐之類的。

「歡迎光臨。」阿梅喊出了第一句，但我卻沒跟著開口，只是錯愕地雙眼直盯著他們。

「眞的，我沒有騙妳們，乖，我們喝一杯咖啡就好。」那個男人笑著，在右邊的女孩臉頰上一吻，我看見他的手還在女孩的屁股上摸了一把，他笑著說：「喝完咖啡，咱們再繼續下一攤，想喝什麼酒都可以。」

「幹嘛喝咖啡嘛！」很狐媚的聲音，左邊那個女子幾乎全身都貼在男人身上磨蹭，爭寵之狀非常顯眼。

「我給妳們上一課，現在最流行的咖啡是怎麼喝的，妳們知道嗎？」那個男人笑著說：「現在流行用啤酒跟咖啡一起煮，煮出來的咖啡非常特別，是最新的喝法喔！不要笑我是老古董，嘿嘿，這可是我女兒教我的呢！」話說著，他剛好轉過頭來，本來嘟起嘴要親吻左邊那女子的，結果卻正好跟我對上視線。

「這裡沒有你說的那種咖啡。」冷冷的，我說：「老爸。」

這世界已經沒有所謂的「祕密」了。他娘的。

24

「所以呢？現在怎麼辦？」在我家附近的便利商店，我拿著一瓶可樂，老爸則捧著一杯咖啡，當然不是加啤酒下去煮的那種，只是便利商店裡號稱現煮的貨色。我們坐在騎樓邊的地上，他的西裝外套已經脫下，領帶也鬆開了，非常懊惱而憔悴的樣子。點起菸，我問他。這時候可以堂而皇之地抽菸了，我還偷偷在心裡哈哈地大笑三聲。

「妳認爲呢？」啜了一口咖啡，還被燙到的老爸垂頭喪氣地說：「妳想怎麼樣就說吧。」

「這種事怎麼問我呢？你手底下有七八十個員工，廠房遍及台灣跟大陸，這點小事不用我來拿主意吧？」當然清楚他在想什麼，比起我的假咖啡館而言，他在外面風花雪月的所作所爲應該更可能回家被老媽活活打死，我腦海裡還不斷閃過那個他伸手去摸女孩屁股的不雅畫面，雖然老爸說那只是花錢找來應酬的傳播妹，不過也不能就讓這種行爲合理化。

「不然，這樣好不好……」囁嚅著，他說：「我們假裝今天晚上的事情沒有發生過，好嗎？」

「當然好呀。」笑著，我嘴上同意：「這點小事我當然可以肯定地答應你，這完全沒有問題。不過呢，你也知道，大自然的運行是有它一定的規律的，時間經過了就是經過了，但怎麼可能說沒有就沒有呢？恐龍就算絕種了，化石也還經常被挖出來。對不對？」我這話的意思很明白，什麼都是可以談的，只要價碼讓雙方都滿意的話。

「當然，當然，這個我完全明白。」他很黯然地點頭，但同時臉上還不忘涎皮笑道：「這樣吧，大家各退一步，妳說好不好？」

「好，好到不能再好了。」幾乎快要忍不住地笑出來，我說：「你是大老闆，該怎麼做才恰到好處，這個不必逐條細說，總之呢，一句話：咱們就什麼都心照了吧！」

這句「心照」可眞是好用到不行。那天回家之後，媽已經睡了，我跟老爸各自相安，他洗他的澡，我收我的房間，隔天直睡到日上三竿，中午醒來時，老媽果然沒有察覺任何異狀，看著她手執抹布，跪在磁磚上慢慢擦地的辛勤模樣，我覺得很心疼，這個女人從年輕到老，日子幾乎沒有任何變化，無論我老爸的生意做得多大，她始終堅持不請傭人，家裡的衣服自己一件件手洗，洗衣機就在旁邊，但卻只有洗滌床單、被套之類的才會用到；三餐她要自己煮，連上館子吃飯都覺得浪費，而且她一生都信奉這樣一個原則：地板要跪在地上慢慢擦才會乾淨，拖把跟吸塵器只是騙人的東西。

她大概永遠都想不到自己的老公會上酒店吧？雖然其實生意人跑跑酒店也無可厚非，畢竟這是台灣很正常的應酬模式，就算他自己不想去，但是為了跟客戶往來，這也無可避免。不過站在道德角度上，總有那麼一點說不過去，而且最重要的是，昨天晚上踏進我店裡時，他身邊除了兩個辣妹之外，可沒有其他客戶之類的人。

「那只是傳播妹，眞的。大家酒酣耳熱，隨口聊到妳說的那個什麼啤酒咖啡，她們不相信，我才想帶她們去喝喝看。」昨晚在便利商店外，老爸一臉懊惱地說：「如果妳不要瞎掰，我也不會信以爲眞，大家喝完酒我就乖乖回家了。」

是這樣嗎？我不太確定，然而其實也沒有深究的必要，反正多年來他沒有什麼緋聞花邊，人格上算是過得去，而且最重要的是，他有這個把柄在我手上，對於我經營假咖啡館的事實，他當然也得幫忙保守祕密，而且從此不得異議，這個交易對我而言可謂划算至極。

「有沒有這麼巧？進來的剛好是妳老爸？」聽我說起時，游家塁差點沒笑掉大牙，他說：「沒想到陰錯陽差，懸而難解的問題就這樣擺平了。」

「是呀。」一樣大笑著，我說。

下午，在刺青工作室裡，他畫了一幅很可愛的小丑圖案，用轉印貼紙貼在我的小腿肚上，看著看著，自己都讚嘆起來：「眞可惜只是試畫的，雖然很滿意，但是如果能夠變成眞的刺青會更好。」

「可以呀，」我笑著說：「等下次又抓到我老爸的小辮子時，我就來刺青。」

「跟那有什麼關係？」

「當然有關係，手上先握有籌碼，才能跟他交換條件呀，否則平白無故刺了個圖案在身上，被他看見的話豈不事情大條？」

本來想找他一起去覓食，但游家塁幾天前陪他媽吃飯，還剩下一整個冰箱的剩飯剩菜，眼看著再不消化掉就要壞了，所以我變成煮飯婆，就在工作室裡，用一台電磁爐，隨手弄了一鍋大雜燴。

吃完午餐，欣賞完他那幅小丑圖案，百無聊賴時，又用他的電腦看了一部影片。電影本身其實乏善可陳，不過兩個人窩在一起，坐在鋪了巧拼地板的角落一起看電影的感覺倒很不錯。也許是剛吃飽沒多久，也可能這種感覺很放鬆，電影還沒看完，我居然就倚著他的肩膀睡著了。

「這麼好看的影片妳都能睡著哪。」在我睡著前的恍惚中，還聽見他嘆口氣。

那一睡到底多久，我自己也不清楚，不過可以感覺到游家曌一直在動來動去，時而拿菸，時而拿飲料，再不就是抓抓頭、搔搔癢，總之讓我睡得很不安穩。耳裡聽到電腦喇叭裡傳出的是不絕於耳的劇情對話，但我半句也沒聽懂。輕輕挪了一下身子，本來是靠著他肩膀的，現在變成直接睡在地上，頭則枕在他大腿上，而不偏不倚，我的手剛好跟他的手交疊在一起。

「要不要睡得這麼難看呀妳。」輕輕說著，他的手指在我掌心畫了個不曉得什麼圖案，而我感覺到一陣麻癢。

見我沒什麼反應，他似乎笑了一下，又繼續亂畫。這次我給他一個很淺的微笑，讓他知道我還沒完全睡著，而心裡在想，會不會這樣的相處方式還比較坦然點，順其自然的發展可能會好過我魯莽的告白。對一個有過失敗婚姻的人來說，界定過於清楚的感情或許會適得其反吧？就像那些電影裡的故事一樣，愛情都應該按部就班地慢慢發展不是？

正當我在胡思亂想時，掌心又傳來觸感，這次他畫的圖案簡單許多，似乎是個圓形。不過再仔細感覺一下，原來他畫了一個愛心，跟剛剛差不多，見我不動，他畫了一個後，又畫一個疊在上面的愛心。

有沒有這麼老土呀？這個可以設計出繁複刺青圖案的美術行家，難道是在畫小學生的畫作嗎？那種兩個愛心疊在一起，然後一箭穿過去的幼稚圖案？我差點沒睜開眼睛來取笑他，果不其然，這個傢伙眞的就又畫了一枝箭，而且還發出有點傻呼呼的淺笑聲。

我心裡跟著苦笑，正想偷偷捏他一把，好嚇嚇他時，結果游家塁又畫了，這次更蠢，他在我掌心裡畫了一把雨傘，然後在傘下的一邊用注音符號寫了個「醜」字，另一邊則寫了一個「四」。

「寫完了嗎？」沒睜開眼睛，我用很不靜的語調說話，不過他倒是大吃一驚，整個人動了一下。「寫完的話，幫我拿一下飲料，好渴。」睜眼，看著一臉錯愕的他，我笑著說。

這可以算是你跟我告白了吧？

25

知道我是貸款頂的店，老爸釋出善意，問我需不需要資金挹注，反正二、三十萬對他而言根本只是小錢，早點把貸款還了，也免得讓銀行賺利息。不過這個提議我沒接受，既然說是自己創業，當然不能用到家裡的錢，而且一旦讓他資助，那欠我的人情可就算是扯平了，我才不會這麼輕易就放過勒索他的機會。

開幕在即，老爸撥空來看了一下，還提了不少莫名其妙的怪意見，他先是嫌棄一樓店面太小，生意拓展不易，不如乾脆多花一點錢，把隔壁莊太太的簡餐店給頂下來，牆壁打通，做成更大的店面。對於這個提議，我冷冷地瞄他一眼，算是回答。

「不好嗎？」站在店門口，他東看西看後，又建議我不妨把店門口的玻璃門給拆了，再整治整治騎樓邊的人行道，多擺幾張桌椅，然後提早營業，搞個露天咖啡座。

「我每天要營業到凌晨，白天如果還開店的話，請問是你來顧店嗎？」瞪他，我說。

「多請幾個員工不就得了？」他一臉闊氣地說：「要就玩大一點嘛，這麼小孩子氣的怎麼做事業?」

「好呀,如果薪水你願意付。」又瞪一眼,我覺得有些後悔,早知道不要帶他來了。重新開幕前兩天,他一時興起,問我能不能來參觀參觀。本來想說讓他看看也好,至少了解這個環境,知道自己女兒在幹什麼之後,他會比較放心點。不料這人東指西點,提的全是些莫名其妙的建議。

「不然這樣好了,門口招租。」他說:「妳這兒不賣食物嘛,那就把門口租給別人,最好是租給賣燒烤的。喝啤酒、吃烤肉,一定相得益彰……」已經懶得理他了,打開鐵門,我直接走了進去。

「有小蟑螂耶。」指著牆上,他說。

「餐飲業都這樣,在所難免啦。」本來是叫他欣賞我們牆上那些照片的,結果他看到的居然是小蟑螂,這些玩意兒已經老早嚇不倒我了,紙巾拿過來,一出手就解決掉牠。那些照片花了我不少金錢跟工夫,尤其是細木條上漆,裁成適當長度後所做成的邊框,每個看過的人都很讚賞,但這個滿身銅臭的老商人居然視而不見。

「這瓶酒還不錯,我喝過,不過價錢不便宜哪。」指給他看陳列在階梯邊那一整排我蒐集的酒瓶,又叫他看看牆上我費了好大力氣才敲平了啤酒瓶蓋,排列貼成的一個

「醜」字，然而他念念不忘，掛在嘴邊的卻是那支他喝過的酒究竟有多順口。

「這個看似簡單，但其實很難做，我還跑去家具行，看人家設計的屏風構造，回來後自己慢慢鋸、慢慢釘，還給它上了漆。最重要的，用的可還都是廢棄不要的木材。」下了樓，我指著一個掛上布幔的屏風。

「是嗎？」結果不說還好，我一說，他立刻伸手去碰，這一碰可不得了，小屏風被他搖了兩下，居然應聲而倒，當場解體。

「媽的……」我已經抓狂了。

雖然被他氣得半死，不過這傢伙畢竟是個識貨的人，一些我自己動手做出來的木工或油漆工程，他雖然嘴上批評，但也給了稱讚。而撞球桌旁那面白牆，很多客人都建議我不妨多掛點壁畫或裝飾，也唯有他跟我看法相同，「掛那些廉價藝術品就太庸俗了，既然這裡的東西都是創意搞出來的，當然這面牆也應該找個人來手繪點什麼才對。」

點點頭，這跟我想的一樣，只是那個人還沒點頭而已。

晃了一圈，跟他簡單介紹了這家店的經營狀況，老爸沒有批評什麼，畢竟都到這地步了，他也沒什麼反對的空間跟立場。又上樓，正想介紹隔壁的莊太太給他認識，沒想到卻看見游家塁晃了進來，他看見我帶著一個半老的男人，表情有點愣住。

那當下我也傻掉，只好趕忙做個介紹，老爸看看他的長相，又看看他穿著背心時所露出來的刺青，臉色當下有點沉。

「他是刺青師，有時候會在自己身上刺一點東西，活招牌嘛。」我連忙陪笑解釋，還說多虧了游家塋的熱心相助，店裡的一切裝修才能順利進行，他是我在這裡一個非常重要的朋友。

「刺青師都這麼不怕冷呀？快冬天了呢！」冷笑一聲，老爸說：「大白天的，你沒其他工作嗎？」對我的解釋不置可否，他點點頭，問游家塋。

「今天剛好沒有，刺青通常都是預約的。」

「意思就是收入不穩定囉？」老爸口氣很平淡，但認識他快三十年，我知道他言語裡帶著刺，而且或許是我剛剛急忙幫游家塋解釋時的口氣有點慌張，他似乎也察覺到了點什麼。

「人生的價值跟充實與否本來就不是用錢來界定的，對不對？」還是禮貌的語氣，不過游家塋雖然應對得體，但也可以感覺得出來，他已經展開了防衛。

「景氣這麼差，生活能維持嗎？刺青文化在台灣還是跟黑道多少脫不了關係吧？這行業不就得接觸一些三教九流的人物？這樣好嗎？」老爸話鋒一轉，但依舊銳利。

「多點人際關係總是好事，誰知道什麼時候會需要什麼樣的朋友呢？再說，認識朋友跟自己的人格操守是兩回事。就算不當朋友，至少也是一種交易關係，做生意嘛。」

游家塁說得很平緩，但每句話都逼得很緊，我想，他大概是看在我的份上吧，否則依照老爸問話的口氣，他就算沒有一拳揮過去，至少也會扭頭就走。

「跟畫家一樣，藝術工作者都會有自己的代表作，你有嗎？」

「目前沒有。」他很坦然。

「那你還有時間在外頭閒晃？」老爸又冷笑。

「不是閒晃。」游家塁下巴朝我一努，手上塑膠袋裡的餐盒一晃，說：「我是給你女兒送便當來的。」

這當然是故意的，他根本不曉得我在店裡，看來大概是不想讓老爸在言詞上多譏刺，乾脆藉著送便當這三個字反過來想氣他一下。不過這可害苦了我，游家塁送完便當就回去了，老爸卻一臉不善地盯著我看。

「幹嘛？」有點心虛，我不敢打開便當盒，走進吧台，假裝低頭倒水喝。

「男朋友嗎？」

「不是，」沒說謊，因爲我們確實還沒眞的在一起。「比較聊得來而已。」

「別怪我醜話說在前面，這樣的人妳不許跟他交往。」老爸看看已經空無一人的店門口，說：「像妳這樣的女孩子，在這種地方一定會有不少人追求，不是說不能在這裡挑對象，但是妳自己眼睛要睜大點。」

「我眼睛一向不小。」知道他要說什麼，我搶著回答：「他人還不錯，平常話不多，但是做事很認眞。」

「問題是做的是沒前途的事。」

「他剛剛不是說了嗎？不要用錢來衡量行不行？每個人對自己人生的定義不一樣呀。而且他也不是沒在努力，人家他還參加了比賽，也獲得晉級了。」我終究還是忍不住，語調拔高了起來：「再說他一開始也沒有追我呀。」

「一開始沒有？那意思就是後來有囉？」老爸也生氣了。

「那是因爲我先追他的！」然後我吼了一聲，吼完，我們父女倆則一起傻眼。

那樣對看了好一陣子，他大概遲遲不能相信耳裡聽到的，而我也不敢想像自己居然敢如此大聲地對我老爸這麼說。不曉得是生氣呢，還是自己也嚇著了，我發現我的雙腿有些顫抖，心臟像快要跳出來似的，回台中幾個月來，父女倆吵過好幾次，但這可能是我最疾言厲色的一次。

不知道該如何收尾才好，一時間還找不到話說，就在氣氛僵持不下的時候，店門口忽然又推開，莊太太跟一個穿著襯衫的年輕男人走了進來。

「就跟你說這是我乾女兒開的店嘛，我們共用一個門牌號碼耶，店名不同有什麼關係呢？反正都賣吃的、喝的，就當作同一家店就好了呀。」莊太太嘮叨個不停，但顯然那個年輕人完全不接受，他一進來就問我是不是老闆。

「我是。」點頭，我說。

「我是稅捐稽徵處的人員。妳這裡營業時間是幾點到幾點？有沒有營業執照？我看你們開業很久了吧？如果都沒登記的話，那問題可就大條了喔。」那年輕人點點頭，一臉跋扈地說：「這是酒吧沒錯吧？算是特種行業，跟隔壁怎麼可以混爲一談呢？乾媽跟乾女兒的關係在法律上也不被承認呀，而且我剛剛看了一下，你們的電表是分開的，那表示整個系統都不相干，而且這位莊太太還說你們有共通的逃生出口，這也不能表示什麼……」

「說完了沒有？」就在這個年輕人嘮叨個沒完，而我覺得大事不妙時，一直臉色鐵青的老爸忽然開口了。

「請問你是哪位？」那小子還很不知好歹地問。

「我是誰你管不著，」老爸胸口一挺，氣焰高張地說：「昨天晚上我跟這一區的幾位市議員一起吃飯，今天中午我出席了市長主持的慈善募款餐會。這家店我們剛剛頂下來，準備做私人招待所。」

「可是……」

「可是什麼你也管不著，」打斷他的話，老爸向前一步，用帶著濃濃的威脅口氣說：「要執照是吧？成！你打個電話回去，叫你們主管來這裡跟我講，想要什麼執照都可以。」

「我……」

「我什麼！還我個屁！老子現在正在教女兒怎麼挑男朋友，你憑什麼跑進來打岔？」

老爸惡狠狠地瞪著他，忽然大喝一聲：「看什麼看！還不馬上給老子滾出去！」

有個財大氣粗的老爸其實也不錯，只要他不妨礙我交男朋友。

我無力阻止亦無心迴避的，是漸寒時早冬有黎明乍現。

但愛戀豈有終盡之時？

即便這鳳凰就歇翅了，即便那蟠龍就沉睡了。

26

沒想到原以為會很棘手的問題，最後竟然是這樣解決的。老爸打了幾通電話，也不曉得是跟什麼人商量，隔著玻璃門，我看見他講得眉開眼笑，而掛上電話後，他走了進來，也只說了一句「擺平了」。

「擺平了？什麼意思？」我不解。

「意思就是，我現在可不欠妳人情了。」他很驕傲地笑了一下，「這一場算平手，下一圈洗個牌之後，搬風又上莊。」

起先我還不懂這個意思，但隔天中午我就了解了。忙了一整晚，沒時間找游家塁，回家後差點連上樓的力氣都沒有，全身精力都讓昨天晚上那一群來喝酒狂歡的科技新貴給耗損光了，他們不但纏著哞仔做即興的調酒新發明，還一直處心積慮想要到阿梅的手機號碼，但偏偏就是對我這個老女人沒興趣。不過饒是如此，回到家，把車開進地下停車場時，我還是險些就直接睡在車上。

第二天中午都還在沉睡時，莊太太忽然打電話來，叫我趕快到店裡一趟。我本來有些疑惑，還擔心是否發生了什麼意外狀況，沒想到一抵達，就看見兩個穿著休閒衫的男人，他們自稱是市政府的人員，要請我打開店門。

「有什麼問題嗎？」

「例行查核一下而已。」其中一位中年男人微笑著說。

很怪，他們既沒考究我的消防設備，也沒如油頭叔所說地測量店門口的距離，當然更沒檢查吧台是否用了防火塗料，隨意走了一圈後，就在一張表格上打了好幾個勾。臨去前還說：「謝謝您的配合，相信登記證很快就會寄到。」

傻在那邊，就看著他們上車離去，我一時還沒會意過來，莊太太則已經搞懂了，她說這就是權勢的好用之處，一通電話可以搞定很多事情。是這樣嗎？當我稍晚又接到市政府的來電，通知我準備領取營利事業登記證時，這個疑慮立刻被打散，果然這下老爸一次就把我的籌碼全贏回去了。

「那可眞是恭喜妳了。」給我一個微笑，但卻笑得有些無奈，游家塁又埋首在他的圖畫裡。走進工作室時，他正在幫一個客人刺青。不敢打擾，我坐在角落裡看了快兩個小時的書，游家塁這個人平常看似跟文字無緣，不過工作室裡的書倒不少，從小說、詩集、畫冊到漫畫，幾乎什麼都有。看著看著，就在我幾乎要睡著時，刺青工作完成，他幫客人拍了幾張完成品的照片，也收了錢，送客人離去後，我在他收拾器具時說了登記證的事，而他點點頭，微笑著拿出已經畫了一半的圖畫紙，繼續試畫他的新作。

「你好像沒有很替我高興？」察覺到他有那麼一點點的憂鬱，我問。

「怎麼會呢？」又放下了筆，他說：「這個問題除了妳老爸，恐怕眞的沒人可以擺平，今天他願意爲妳這麼做，那眞的很讓人高興，不是嗎？」

「我倒覺得他只是不想沒面子，想讓人知道他疏通關節的能耐而已。」坐在客人剛剛趴著的躺椅上，我說：「雖然問題解決了，但我反而像是欠他一個大人情似的。」

「你們是父女呀，談什麼人情不人情呢？」

「那可是他自己說的。」我嘟嘴，不過這個裝可愛的動作竟然也沒引起他的興趣，游家塁轉過身，拿起畫筆又端詳起桌上那張畫。我靠過去看了一下，那是一條張大了嘴、五爪張開的中國式的龍。

「很漂亮。這是客人預定，請你設計的圖案嗎？」

「不是，只是興起想畫而已。」游家塁說：「妳聽過曹操跟劉備煮酒論英雄的故事嗎？」見我搖頭，他又再開口：「當時曹操已經掌握了漢獻帝，可以挾天子以令諸侯，算得上是中原數一數二的勢力了，而劉備卻孤窮無依，甚至還得投靠在曹操的庇蔭下才能安身立命，然而當時他卻又跟馬騰、董承等人密謀要除掉曹操。」

「這麼帶種？」我笑了一下。

「是呀。」他也笑了，「不過劉備非常小心，他很怕曹操識破了這個計畫，所以每天乖乖在寓所裡種田種菜，假裝自己胸無大志。不過曹操可沒這麼簡單，有一天他邀請劉備去赴宴，剛好那時烏雲密佈，就快下雨，有個侍衛指著天空，說好像看到了龍在天上飛。」

「龍在天上飛？」我很好奇。

「是呀。曹操就說了，龍是一種非常了不起的動物，好比天下英雄，飛騰起來時可以翻雲覆雨，大大地發揮自己的能力與才華，有縱橫天下的實力；沉潛下來時卻又能夠藏形匿影，按耐著性子去等待一個飛天的機會到來，絕不輕舉妄動。」游家塱說：「當時說到這裡，曹操就問劉備，想知道他認爲天下還有多少割據的諸侯可以稱得上是英雄。劉備舉了很多例子，但就是不敢提他自己，誰知道曹操一一否決，指出這些諸侯的致命傷，最後劉備沒辦法了，只好問曹操，到底誰才是天下英雄？」

「該不會他認爲劉備是吧？」

「沒錯。」微笑，他說：「曹操指著劉備，就說了這麼一句話，他說『天下英雄，只有我們兩個而已』。昨天晚上沒客人，閒著就翻翻以前客人留下來的《三國演義》，剛好看到這一段，今天想著想著，就畫了這條龍。」

點點頭，我懂了他的意思。如果以龍來比喻，那麼游家塈現在應該就屬於沉潛的階段，我相信他有一飛沖天的能力，只是這個機會尚未到來。

「其實劉備是幸運的，在那個時候，全天下都認爲劉備只是個小角色，根本不將他放在眼裡，但曹操卻獨具慧眼，知道這個人有無限潛力，算得上是英雄。」看著那條栩栩如生的龍，游家塈說：「千里馬也需要伯樂的慧眼提拔，否則不管千里馬再怎麼能跑，牠終究也只能拉車載貨而已。」

「但是伯樂很少。」我點頭。

「所以機會要自己找。」他放下畫筆，點了一根香菸：「我沒有一個能幹的老爸，所以更得把握自己的機會。這張圖，我想拿來作第二回合的比賽圖稿。」

那當下我明白了，他之所以悶悶不樂，爲的正是昨天我老爸說的那些話，以及今天老爸搞定登記證這件事給他的感觸。

「出去走走好不好？」然後我說。

沒有特別想去哪裡，沿著街道走過去，又是之前我們散步過的柳川河堤邊，游家塈沉默著沒說話，眼看著天色漸暗，一天晚霞，映得遠方雲彩斑斕，我在堤岸邊駐足，他也停下腳步，坐在欄杆邊的椅子上。

「你會不會覺得我帶給你很大壓力？」想了又想，始終找不到一個話題開頭，最後我只能開門見山。

「壓力？」他大概一時沒有會意過來，轉過頭來看我。

「應該說，我爸那邊。」我修正。

「還好吧，」他的笑容有些苦澀：「如果只是朋友，那就沒什麼壓力了，不是嗎？我只跟妳當朋友，又不是跟妳一家子的人都當朋友。」

「但這壓力會讓我們當不成情人，對不對？」頭一次，這麼認眞的口氣，我說話時也仔細盯著他的臉龐，想看看他的表情。

然而游家塈又是一陣好長的沉默，過了良久，他微低著頭，看著地面，才說：「或許吧。我離過婚，妳知道的。」

「那又怎樣？她還有回來找過你？」我問，而游家塈搖頭，他說前陣子想通了，爲了避免糾纏不清，最後他索性去買了一盞全新的檯燈，還宅配到台北去給他前妻，而說也荒唐，收到檯燈後，那個女人居然也就不再吵他了。

「既然這樣，那你還介意什麼？這些都過去那麼久了，根本就雲淡風輕，不必考慮那麼多的。」我說：「更何況我都無所謂了，你爲什麼還把這些事掛心上？」

「妳不介意、我不介意，難道妳爸也會不介意？」看著我無語，他說：「沒有一份穩定的收入已經很要命了，再加上離過婚，妳覺得妳爸會接受自己女兒交個這樣的男朋友？」這次換他看過來，看得我也心虛了起來。游家曌的話不無道理，老爸確實很在意這一點，昨天我們爲此還有過衝突，要他眞的不介意，這可能有點難。

正値下班時間，路上人車很多，大概也有不少人會好奇地對我們投以視線吧？然而這當下我根本不在乎那些人的目光，游家曌的想法是很實際的想法，可是眞的沒有辦法改變嗎？兩個人要不要在一起，難道非得考慮那麼多外在因素嗎？

「我可以問你一個問題嗎？不用考慮那麼多，很本能地回答我就好。」想了想，我決定問這個蠢問題。

「有。」然而不待我問出問題，他已經給了我答案。四目交投，對望了好久，他只說了這個字，但那卻已經包含了一切。

「聽著，小四，」蹲下來，我伸出手摸摸他的頭髮：「或許是我考慮得不夠周詳，但我相信，只要兩個人確定彼此是互相喜歡的，那之後不管還有多少外在的問題，一定都可以找到解決辦法。不管是婚姻或愛情，或者是其他的一切都是這樣，就像你自己也說過的，想做什麼就要勇敢去做，別留下後悔跟遺憾，對不對？」他怔怔地看過來，原本清澈的眸了，此時有些暗沉，我說：「也許眞的很冒險，但我認爲這個險很値得冒。放棄台北的生活，回到台中來開店，到現在已經幾個月了，雖然風風雨雨、膽戰心驚，但不也一路走過來了？既然從無到有的一切我們都能夠做得出來了，那還有什麼難得倒我們？還記得那天早上嗎？在台中公園，我說我喜歡你，這感覺到現在都沒變。」

「所以呢？」

「所以剩下的，要你自己去證明了。我相信那條龍不會永遠沉潛在陰暗的泥沼裡，也願意看著牠一飛沖天，但牠究竟能否眞的脫穎而出，還是得看你自己的努力。我很想當伯樂，不過千里馬也得願意邁開腳步才行。」站起身來，我說：「開幕那天，我很希望你可以跟我一起站在店裡的舞台上，共同分享這份喜悅跟榮耀，但沒關係，那天你有更重要的事，所以就去做吧。劉備有曹操相信他是英雄，但你有我。」

27

「什麼鬼和弦呀，Cadd9！莫名其妙！不是說這種唬人的吉他很簡單嗎？」我的小指都快抽筋了，這首歌好不容易才練出一個雛形來。雷龍倒是一派悠閒，喝著飲料，說不管哪一種吉他都一樣，初學者最好還是按部就班，以刷和弦的方式練習拍子，然而我搖頭，因為當初游家塁彈奏這首歌時，他用的是分散和弦，右手五支手指有各自不同的位置去撥弦，這樣旋律才會輕柔好聽。

「那已經是進階版，妳練不起來的啦。」喝完飲料，他叼著菸，拿著雜誌進廁所，我又彈不到幾下，就聽見他非常大的放屁聲。

「有點禮貌好不好！」我大叫抗議。

「這是我的工作室耶！」然後他從裡面也鬼叫。

指法位置的記憶其實不難，難的是如何流暢地彈奏出來，而右手撥弦的同時，更要注意左手有沒有按對和弦，按對之餘，還得按緊才行。

終於遮掩不住祕密了，我只好把樂譜拿出來，看了看之後，雷龍說這首〈晴天的彩虹〉速度不快，技巧也簡單，只要我小心留神，就能夠順利彈完。但這樣也還不夠，除了彈，我還想唱。

「做人要知足呀。」嘆口氣，他說。

我當然知道做人應該知足，這陣子疏於練習，要記得和弦怎麼按已經很勉強，手指上本來有一點點的繭也早就新陳代謝掉了。可是沒辦法，明天晚上就是開幕派對，無論如何，我都希望可以上台湊一腳。

花了一下午，能夠彈出這點樣子，已經算是小有成果，到後來時間漸晚，我只好收拾著準備離開。雷龍將一堆器材搬上車，爲了這個派對，他特別也找了幾個朋友，臨時湊成一支雜牌軍，說要上台演出。

「歌單最後確定一次，應該沒問題吧?」拿了張紙過來，我點點頭，又交還給他。其實上頭的歌我一首也沒聽過，有些可能在店內播放過，但誰又知道歌名是什麼?

這個派對很簡單，不想搞得很盛大，我發了一些簡訊給每個曾將電話號碼留給我的客人，邀請他們前來參加。依照油頭叔的建議，我們仿效那種歐美風格的家庭聚會，請大家各自攜帶一道菜餚，份量不必多，就在店裡一起用餐，並聆聽音樂演出。當然除此之外，我還是跟老李情商了一下，反正他以前當過廚師，自家裡經營的又是餐廳，弄點吃的不成問題。

終於要到了這一天哪！晚上看著雷龍擺好音響器材，也試音完成，當大家在樓上酒酣耳熱時，我獨自一人走在地下室的空間裡，環顧著這一切，就像前陣子一樣感慨：這一切竟然都屬於我，多虧了那麼多人的幫忙才有今天，而何德何能，我居然擁有這家店的一切主宰權力。

輕撫過親手釘製的小木桌，也看看用矽力康慢慢黏組而成的酒瓶牆，我在想，故事如果有開頭就有結束的話，那麼，結束那天會是什麼樣子？倘若有朝一日，我將離開此處，這裡又會交由什麼人接手？那個未知的新主人將如何看待這家店？是不是像我當初剛來到這裡時一樣，會懷抱著無比的新鮮感，對所有的東西都充滿好奇，也會有無數的想法跟念頭不斷萌生出來？想得有些遠了，才剛剛要重新開幕呢！

走過吧台邊，手掌放在嶄新的吧台漆面上，腦海裡回想的全都是那個畫面：深夜裡，忍受著漫天飛舞的油漆灰末，我拿著油漆行借來的機器，一吋吋將原本的漆面磨去，那機器的震動力道讓我雙臂痠麻不已，費了多大工夫才清除完畢，而之後則跟游家曌一起，我們一層層刷上了新漆，還差點中毒。

是呀，如果沒有他，我怎麼完成這些呢？這個夢想是我的，但卻是沒有他就無法實踐的。雖然說也可能當時出現了另一個吃飽撐著，晚上睡不著的閒人來幫忙，然而難道我就會因此愛上那個人？用力搖頭，這當然是不可能的，因爲我不是看在游家塁來幫忙的份上才對他有感覺；我喜歡他，是因爲……蹲在舞台邊，想了好久，我努力地想知道自己喜歡上他的理由是什麼，但最後居然找不到任何一個原因。

「不舒服嗎？怎麼蹲在那裡？」背後忽然傳來一個聲音，是哖仔下樓來拿啤酒。

「妳覺得人做一些事情或決定，是不是都一定非得有個理由不可？」蹲著，看著那把舊吉他，我問。

「誰說的？妳上去看看那些喝得亂七八糟的傢伙們，誰會在舉起酒瓶前還考慮看看，到底自己爲什麼要喝這一杯的？」哖仔根本沒時間陪我思考這些怪問題，她抱著好幾瓶啤酒，上樓梯前，只說了一句話：「做自己想做的事就夠了啦，人活著已經很辛苦了，沒必要鑽這種無聊的牛角尖！」

苦笑一下，起先我還有些苦悶，怎麼可能毫無理由就愛上一個人呢？不過想著想著，我卻又笑了。或許就如哖仔所說，喜歡一個人難道需要理由嗎？我鑽這種牛角尖幹嘛呢？就像游家塁本來還說什麼愛情需要觸發點，但最後他還不是偷偷摸摸地在我手掌裡畫了那個幼稚可笑的小雨傘？或許觸發點早在我們不經意間就出現過了，對吧？這麼刻意地去計較自己究竟在哪個時間點上起心動念，反而顯得有點執拗了些。

最後，我走到了撞球桌旁，空牆依舊。游家塈的戰場原不在此，他要證明自己的地方，應該是明天在台北的比賽。

刺青比賽是什麼樣子？可惜我無緣得見，不過沒關係，以後一定還有機會。他曾說過，這類的比賽對刺青師而言其實不算重要，因爲藝術創作本來就只有自己能給自己肯定，只是多了個頭銜，總是能夠多增加一點知名度，當然生意也就會再好一點。不過我在想，如果他對自己始終信心不足的話，那或許去參賽也好，藉由評審的標準，說不定能夠給他一點肯定。

「這麼悠閒？」忽然，背後傳來油頭叔的聲音，他已經喝得微醺。

「你不知道女人是一種很愛感傷的動物嗎？」這麼深奧而感性的問題不適合跟喝太多酒的人討論，所以我只隨口回答。

「有什麼好感傷的？」走過來，他對那面白牆可沒多大興趣，拎起球竿就開始打起撞球來。

「我到現在還常常覺得不可思議，自己居然當了老闆。」我決定先說第一個感慨就好。

「搞不好再過十年，妳會坐在空軍一號上面，感慨自己怎麼不小心當了總統。人生嘛，本來就這樣呀。」果然像是喝醉的人會說的話。他一球一球打，嘴裡也繼續說著：「總比我好吧？我家住在這家店旁邊不到兩百公尺遠的地方，以前讀的國小跟國中都在一條街遠的距離，大學則在騎車十五分鐘就會到的地方，連當兵都沒離開台中，現在則在我家的公司上班。妳說這樣的人生不是更悲哀？」

「那是你自己不想走出去吧？」

「怎麼會不想呢？我每天每夜想的都是如何才能逃出這個地方。」苦笑著，他放下球竿，說：「結果到最後我唯一能做的，是交一個出身不在這城市的女朋友。」

這話讓我眼睛一亮，油頭叔有女朋友嗎？怎麼認識他這麼久以來，我卻從沒聽說過呢？追問下去，他笑著告訴我，他有個名叫美智子的女朋友，不但出身不在這城市，甚至根本就不屬於這個國家。這樁異國戀已經持續僵持了好幾年，最近終於稍露曙光，他有明年初就結婚的打算，不過這件事只有跟他認識多年的老李知道而已。

「這麼快？她嫁過來台灣嗎？還是你打算入贅去日本？」我很訝異。

「應該是她來台灣吧，當初就是因爲她來台灣學中文，兩個人才認識的。」油頭叔說：「我本來幾乎已經快要放棄了，兩個國家的風俗民情大不相同，我有傳宗接代的長子責任，她則是有日本鄉下很傳統的家庭背景，我媽擔心語言溝通的障礙，她家則根本反對把女兒嫁給外國人，美智子在台灣也有水土不服的問題，她來念書時就經常感冒或過敏。」

「那怎麼辦？」

「還能怎麼辦？之前就這樣拖拖拉拉地瞎耗，本來我考慮直接放棄算了，這場仗根本打不贏嘛，那就只好夾著尾巴逃了呀。也就是因爲這樣，我才不想讓別人知道這些事。」他笑了笑，說：「不過沒辦法，也許這就是緣分吧，就算隔了那麼遠，中間問題那麼多，但偏偏就是割捨不斷。大約是妳來接手這家店之前一陣子，我特別跑了日本一趟，親自去她家拜訪，用非常日式的風格，跪在塌塌米上，請她家人答應這件婚事。」

「入虎穴、得虎子嗎？」

「所以囉，就跟妳當老闆一樣嘛，雖然看起來是絕對沒把握的，但不試試看怎麼知道不會成功呢？」他臉上有幸福的笑，「搞不好就像我一樣囉，不小心就打贏了這場仗，雖然當了愛情的俘虜，不過還挺心甘情願的。」

話聊到這裡，我忽然覺得自己心裡頭那第二個讓人感慨的理由就可以不必說了，因爲油頭叔的故事已經給了我最好的寬解。多麼小說的劇情哪！現實中竟然會有這種事。

跟他當初所面臨的那些外在壓力相較，我跟游家璽之間的問題簡直微不足道，甚至根本連問題都算不上，而他最後都能夠修成正果，以一個外人的身分，親自到日本一趟去說服女方家長了，那我以女兒之親，難道不能改變我老爸？這個人脾氣雖然又臭又硬，然而卻深諳條件交換的生意之道，誰也難保他哪天又有什麼把柄落在我手上，說不定就只好屈服於我在愛情裡的抉擇。

看著油頭叔打完球，踩著輕鬆的腳步上樓，所有的鬱悶與猶豫忽然都一掃而空，我在心裡跟他說了聲：「謝謝。」

我逃出了台北那座職場的牢籠，卻又甘之如飴地成了愛情的俘虜。

28

燈光亮起時，雷龍的手腳就像煞不住的車，原本一向平靜的地下室爆出一陣震耳欲聾的鼓聲節奏，這段吵死人的開場獨奏持續了快一分鐘，然後才是其他樂手的音樂加入。他們的表演吸引了大家的注意力，我們紛紛放下碗筷，將嘴裡的食物吞嚥下去，改拿起酒瓶、酒杯往樓下走。

人數不算太多，不過已經讓我很滿意，幾乎每個收到簡訊的朋友都來了，油頭叔說這只是個開始，未來是非常漫長的未來，我會有足夠的時間培養更多屬於我的客人，在這種個人風格很重要的小酒館裡，老闆就是店裡的靈魂人物。這話我很認同，因為眼前這些坐在位置上欣賞音樂的客人們，無論他們來自何方，白天從事的是什麼職業，但現在幾乎全都跟我成了朋友，而他們今天也都乖乖帶了食物來。不過還要特別感謝老李，他除了載來一貨車的菜餚，搞得好像外燴現場之外，自己還約了哞仔，又跑到釣蝦場去，想給我們一點現場火烤的新鮮蝦子吃。

「所以這些全都是你釣來的？」看著一大包的蝦子，我非常訝異。

「放屁，怎麼可能。」本來老李笑容滿面，還想吹噓點什麼的，結果穿著乳牛裝，頭套掛在背上，走起路來搖搖擺擺，非常可愛的啅仔卻從旁邊走過來，打斷了他的話頭。「我們釣了兩個小時，只釣到四隻蝦子，而且還全都是我拉起來的。」

「那這包蝦子哪來的？」我有點搞不清楚。

「買的呀！最後他掏了一千塊錢，在釣蝦場跟老闆買的啦！眞是丟臉死了！」說著，啅仔嘆了口氣，又忙她的工作去了，只留下全場大笑的我們。

很熱鬧的夜晚，當雷龍的雜牌軍樂團表演到一個段落時，終於換我站上舞台，握著麥克風，看著台前所有的朋友，我忽然說不出話來。

「別害羞呀！」油頭叔拿著啤酒，就在台前給了鼓勵。

「不要站在舞台上哭喔！」大家手上拿的都是飲料，就老李例外，他的是一盤花錢買來的火烤蝦子，眞是肥水不落外人田。

「哭出來也沒關係啦，這是妳的店嘛。」剛表演完，滿身大汗的雷龍走下台前這麼跟我說。

又花了一點時間，讓自己鎮定下來，最後我能說的只有一句話：「謝謝大家來參加這個開幕派對，請千萬不要客氣，努力吃，努力喝，你們把東西吃完，我們才好清理碗盤，多喝點，喝完記得要付錢。感謝各位。」

我不知道這樣的致詞算不算不倫不類，不過倒是贏得了全場的無數掌聲，只是這些話也累壞了吧台裡的阿梅跟啥仔。

酒酣耳熱間，我穿梭在每桌客人之間，一直聊到嘴痠腳麻了，這才又躲到角落來。今天開店時，每個曾下樓的人都驚訝地問我那是怎麼回事，然而我卻一頭霧水，直到自己下來看了，這才恍然大悟，不過當我親眼目睹時，也一整個難以置信。

昨天半夜裡，很晚了，打烊回家，停車後，我正準備搭電梯上樓，手機卻忽然響起，游家塁說他就在我家附近，問我能不能過去一下。

路燈明亮，凌晨的台中街頭非常安靜，幾乎沒有人車，我獨自走到約定的便利商店外面，游家塁剛從裡頭出來，手上是一份三明治跟奶茶，還有一顆茶葉蛋。

「該不會是想找我吃消夜吧？」我問：「你不是一早就要上台北？這時間應該躺在床上才對不是嗎？」

「本來應該是，不過我睡不著。」他搖頭，說是晚睡慣了，翻來覆去始終了無睡意，最後只好起床。

我有些擔心，深恐睡眠不足會影響他白天的比賽，然而游家塁卻叫我不用擔心：

「小事情，不過是刺青而已。」

「是嗎？」

點點頭，他說：「對我來說，有比刺青比賽更重要的事。」走到旁邊，將食物塞進我包包裡，「這麼晚了，妳一定會懶得覓食就睡覺，這樣對身體很不好，所以我想買點東西來給妳吃。」

隔著包包，還感受得到來自茶葉蛋的溫度，我不知道應該說什麼才好，站在店門口，看著他，我忽然有種很想抱著他流淚的衝動，這種感覺很難解釋，我也不曉得應該怎麼說，在這當下，就是如此簡單的舉動，不過是三明治跟茶葉蛋而已，但卻深深地溫暖了我的心。不過游家塁卻沒給我這機會，他看看手機上顯示的時間，叫我先回家吃消夜，吃完趕緊睡覺，養足體力才能應付晚上的開幕派對。

「如果比賽順利，可以早早結束的話，說不定我還來得及去派對。」他坐上小綿羊機車，對我說：「可不可以順便答應我兩件事？」

「兩萬件都可以。」這是眞心話，我說。

「第一，給我一個吻，然後再跟我說一次妳喜歡我。」他的表情很平淡，但熬夜的疲憊眼神裡有滿滿的溫暖跟期待。

「我不喜歡你，我愛你。」所以我走過去，在他臉上輕輕一吻。

「第二，店裡的鑰匙借我。」這個要求有點怪，但我還是照做了，反正我有另一份備用的，平常都放在莊太太那裡。接過鑰匙，游家璺帶點神祕，微笑著說：「我先過去店裡放個禮物，明天妳記得要收。」

天色微亮時，他騎著機車的身影消失在城市的晨霧中，而我則滿腹狐疑地回家睡了一覺，當然睡前也乖乖地吃完了他給的點心。不過隔天因爲還有太多派對的籌備要忙，以致於我竟然忘了他的交代，直到第一個驚慌失措的客人跑上來，問我那是怎麼回事時，我才猛然想起游家璺說的「禮物」。

此刻我就站在「禮物」旁邊，那是好大一幅畫，這幅畫我前幾天才看過，那是張開了嘴，伸出前爪，姿態非常威武挺拔的一條龍，炯炯有神的雙眼直視前方，雖然只是很簡單的線條，用的應該是油漆而已，但卻有著極爲強烈的震撼，畫風就是很游家璺的特色，他不多話，也不善於多話，但沉默中卻給人一種積蓄已久、隨時要爆發的衝勁，眼前這條龍正是以一飛沖天的姿態，簡直就像要破壁而去似的。

我盯著那幅畫看了好久，那是他花了短短不到幾個小時時間所繪，但卻滿滿地顯露出他強烈的企圖心，而我知道，這渴望飛翔的心，是爲了我。

「派對順利嗎？還沒結束吧？」電話響起，他的聲音有點小，說比賽已經結束，現在人在客運車上，距離台中也不遠了。

「派對還好，你那邊呢？怎麼這麼晚？」我很急切，想知道他的進展。

「還不錯，除了早上搭火車，差點睡過頭，一路坐到花蓮去之外，其他都沒問題。」有喜悅的感覺，他說：「輸給一個前輩，我拿到第二名。」

「眞的？」大叫一聲，我讓旁邊的人都嚇了一跳。他說原本可以搭上預定的火車班次回來，然而臨時有個在比賽會場採訪的雜誌記者找他，不小心就多聊了點，現在只好趕搭客運。說著，他問我接下來的派對還有沒有音樂表演，他很久沒聽現場演奏了，很想聽聽歌，如果還有演出，他要從車站直接搭計程車過來聽。

「有，還有一首歌。」走出來，在燈火璀璨的街邊，就在我們第一次相遇的店門口，雖然隔著話筒，但我還是很輕地說：「有一首特地要爲你唱的歌，等你來才唱，所以別急，不管多晚，我等你。」

老爸那邊的問題還沒解決，不過那已經是不需要在乎的問題了。晴天的彩虹出現時，就已經是最幸福的結尾了。

【全文完】

—後記—

勇於追求，才能得見晴天的彩虹

我猜自己一定是瘋了，才會答應寫這樣的故事。小說出場人物很少、場景不多、劇情線簡單，一切簡直就像當年的《下個春天來臨前》。不過這次比較簡單點，因為故事裡所描寫的全都是現實存在的人、事、物，我只是錯亂了時間線段，用另一種形式為他們作傳而已，而也多虧了醒吾技術學院的朋友要籌拍一部畢業電影，需要一篇故事，我才有寫作的動力。

不過這樣就很無奈地要耽擱到其他所有工作了，那包括唱片、歷史小說、家族故事……還有一堆原本計畫中的行程。在此也順便向每個受我影響的朋友致歉。

「夢想」的話題一直存在於我的小說中，尤其是網路愛情故事。說起來我並沒有在小說裡教他人怎麼談戀愛的打算，寫太多愛情的人往往囿於自己已經定型的愛情觀而無法客觀地幫他人剖析愛情問題，且事實上我也不是兩性專家。只是人無論在什麼年紀、地位，通常都脫離不了愛情，即便是在建構與完成夢想的同時，愛情的發展也可能同時存在。這篇故事就是典型的例子。或者，愛情甚至也可以是夢想的一部分。

小說很短，但寫作時間拉得有點長，大概因為人在局中，每天都有故事素材可以蒐集，反而在整理時經常顧此失彼，又不想有遺珠之憾，所以東拉西扯的，拖了好久才真正完成。在此當然要感謝每一位又被我寫進故事裡的朋友，雖然你們通常都不是自願的。在此也感謝雷龍的「雷．音樂工作室」與柏真的刺青工作室，多謝你們的支援。

歷經去年一整年漫長的青春光年三部曲，難得用這麼小品的心情來寫作，那是何其悠哉的心情。每當一篇小說即將完稿時，我總不自覺地要開始想像，不曉得下一篇小說會寫些什麼地方的什麼人或事，自己又將用什麼樣的心情寫作。雖然寫來寫去恐怕站在出版環境的考量上，內容永遠免不了風花雪月，但誠如無數次演講時總要聊到的，作為一個以「啓蒙」為本質的輕小說的書寫，文學價值是太沉重的包袱，能讓自己寫得開心，也讓讀者興起共鳴的故事，是我最想寫的故事。

花了幾個月時間完成《晴天的彩虹》，用自己很熟悉的一首歌，寫一個自己很熟悉的環境的故事，雖然輕鬆，但對寫作者而言未免也太過壓抑了。所以，或許下一篇故事可以拉到很遠的場景去，然後就可以藉著「取材」之名行旅遊之實了。

晴天的彩虹總是美而難得，一如圓滿的愛情如此遙不可及，但無論輕易與否，勇敢去追求自己的夢想，就對了。

穹風二〇〇九年十一月二十六日於台中沙鹿，月光咖啡館

國家圖書館出版品預行編目資料

晴天的彩虹／穹風著. －－初版. －－臺北市：
商周出版：家庭傳媒城邦分公司發行, 2010（民99）
面：　公分. －（網路小說；146）
ISBN 978-986-6285-21-9（平裝）

857.7　　　　99000243

晴天的彩虹

作　　者／穹風
企畫選書人／楊如玉
責任編輯／楊如玉

版　　權／翁靜如
行銷業務／賴曉玲、蘇魯屏
總 經 理／彭之琬
發 行 人／何飛鵬
法律顧問／台英國際商務法律事務所　羅明通律師
出　　版／商周出版
台北市 104 民生東路二段 141 號 9 樓
電話：(02) 25007008　傳真：(02) 25007759
Blog：http://bwp25007008.pixnet.net/blog
E-mail：bwp.service@cite.com.tw
發　　行／英屬蓋曼群島商家庭傳媒股份有限公司城邦分公司
台北市中山區 104 民生東路二段 141 號 2 樓
書虫客服服務專線：(02) 25007718、(02) 25007719
服務時間：週一至週五上午 09:30-12:00；下午 13:30-17:00
24 小時傳真專線：(02) 25001990、(02) 25001991
劃撥帳號：19863813；戶名：書虫股份有限公司
讀者服務信箱：service@readingclub.com.tw
城邦讀書花園：www.cite.com.tw
香港發行所／城邦（香港）出版集團有限公司
香港灣仔駱克道 193 號東超商業中心 1 樓
E-mail：hkcite@biznetvigator.com
電話：(852)25086231　傳真：(852) 25789337
馬新發行所／城邦（馬新）出版集團【Cité (M) Sdn. Bhd. (458372U)】
11, Jalan 30D/146, Desa Tasik, Sungai Besi,
57000 Kuala Lumpur, Malaysia.
電話：(603)90563833　傳真：(603)90562833

版型設計／小題大作
封面設計／黃聖文
排　　版／新鑫電腦排版工作室
印　　刷／鴻霖印刷傳媒股份有限公司
總 經 銷／聯合發行股份有限公司
電話：(02)29178022　傳真：(02)29156275

■ 2010 年 1 月 26 日初版

Printed in Taiwan

定價 200 元

 ISBN 978-986-6285-21-9

商周出版

廣　告　回　函
北區郵政管理登記證
台北廣字第000791號
郵資已付，免貼郵票

104台北市民生東路二段141號2樓

英屬蓋曼群島商家庭傳媒股份有限公司　城邦分公司

請沿虛線對摺，謝謝！

商周出版

書號： BX4146	書名： 晴天的彩虹	編碼：

請於此處用膠水黏貼

商周出版

讀者回函卡

謝謝您購買我們出版的書籍！請費心填寫此回函卡，我們將不定期寄上城邦集團最新的出版訊息。

姓名：________________

性別：□男　□女

生日：西元________年________月________日

地址：________________

聯絡電話：________________　傳真：________________

E-mail：________________

職業：□1.學生 □2.軍公教 □3.服務 □4.金融 □5.製造 □6.資訊
□7.傳播 □8.自由業 □9.農漁牧 □10.家管 □11.退休
□12.其他________________

您從何種方式得知本書消息?

□1.書店□2.網路□3.報紙□4.雜誌□5.廣播 □6.電視 □7.親友推薦
□8.其他________________

您通常以何種方式購書?

□1.書店□2.網路□3.傳真訂購□4.郵局劃撥 □5.其他________

您喜歡閱讀哪些類別的書籍?

□1.財經商業□2.自然科學 □3.歷史□4.法律□5.文學□6.休閒旅遊
□7.小說□8.人物傳記□9.生活、勵志□10.其他________

對我們的建議：

____

____

____

____

請於此處用膠水黏貼